「つばさ」が高校の入学式の日に出会った男の子。
数々のトロフィーを前にして……

JN167022

すごいよな
野球部

すごいよね
吹奏楽部

つばさの夢が、球場のスタンドから野球部を
トランペットで応援することだと知ると

俺は甲子園に
行くのが夢
応援して！ 約束ね！

まずは吹き方の練習……

初心者だけど
吹奏楽部に入りたい!!

念願のトランペット♥

演奏についていけず
落ちこむつばさを
大介ははげましてくれる。

気がついたら
好きになって
しまっていて。

大介は野球部から期待されていたけれど
ひどいケガをしてしまい
試合への出場があやぶまれ……

「今度は私が
はげます番だよ!!」

トランペットに想いをのせて
野球部をスタンドから応援。
甲子園出場の夢、そしてつばさの恋のゆくえは？

青空エール

映画ノベライズ　みらい文庫版

はのまきみ・著
河原和音・原作
持地佑季子・脚本

集英社みらい文庫

もくじ

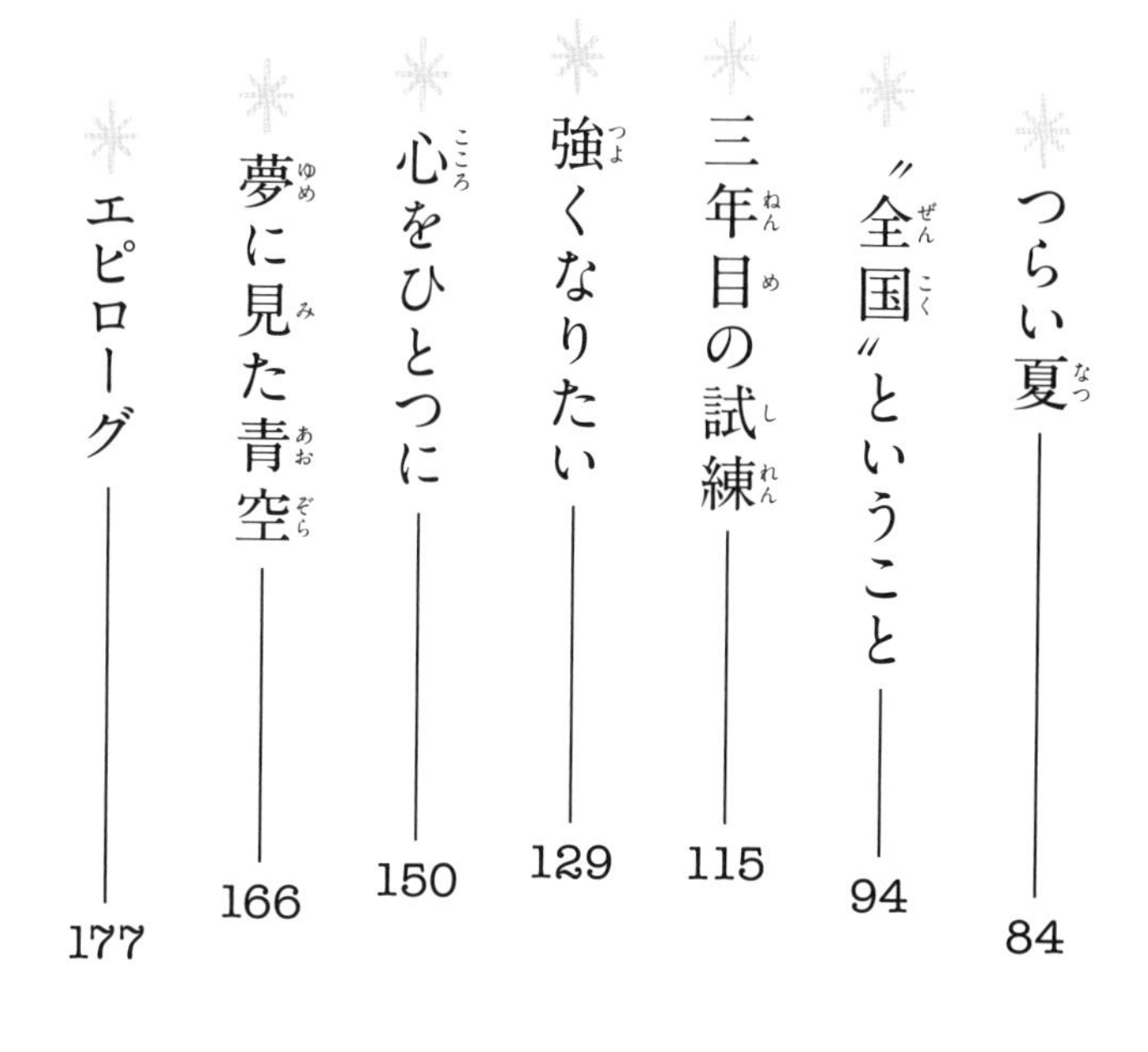

人物紹介

白翔高校吹奏楽部

小野つばさ

高校一年生。楽器初心者だけど、うつむいてばかりの自分を変えたくて、吹奏楽部に入部。楽器はトランペットを志望する。

杉村先生

吹奏楽部の顧問で、指揮をする。指導が厳しい。

水島

一年生。トランペットがかなり上手い。

森先輩

三年生。つばさにトランペットの指導をする。

春日先輩

三年生。トランペットのパートリーダー。

白翔高校野球部

山田大介

一年生。キャッチャー。体格が良く、野球部から期待されている。明るく、いつもつばさをはげます。夢は甲子園出場！

碓井先輩

三年生。キャッチャーだが、最後の大会で、ケガをしてしまい…？

城戸保志

一年生。ピッチャー。大介とは親友。陽万里のことが気になる。

脇田陽万里

一年生。つばさのクラスメートで、美人。

華やかで明るい音色が特徴の金管楽器。くちびるを震わせて息を吹きこんで音を出します。

私、ずっと自分の靴ばかり見てた。
だけど、君が信じてくれたから、上を見られた。
見あげた空は、青かった。

プロローグ

吹奏楽と野球の名門校、札幌白翔高等学校――。

今日は入学式。

校舎にむかう道は、知らない子がいっぱいで、私は緊張のあまりうつむいてしまう。

自分のローファーを見つめて歩いていたら、うしろからきた子とぶつかって。

「ご、ごめんなさい……」

あわてて謝ったけど、声が小さすぎたみたい。ぶつかった子はなにも言わずに行ってしまった。

ダメダメ、こんなことでいちいちへこんでちゃ！
私、吹奏楽部に入るために、白翔に入学したんだから。
――白翔のブラバンって有名じゃん。
――練習キツイよ。つばさにはムリじゃない？
みんなにそう言われたけど。
でも、決めたんだ。こんどこそあきらめないって。

校舎に入ってすぐの場所に、トロフィーがずらっとならんだコーナーがあった。
すごい。これほとんど、吹奏楽部の金賞トロフィーだ……。
私が「かっこいい」とつぶやくと、
「かっこいい！」
同時にだれかの声がした。びっくりして横をむく。
背が高くて坊主頭の男子だった。
いつのまにか私の隣にいて、トロフィーをまっすぐに見つめている。

背中、おっきい。運動部っぽい。

「やっぱ白翔ってすごいよなー」

ふいにそう話しかけられて、私はあせりながら「あ……はい」と返事をする。

「……ブラバン」「野球！」

あっ、また同時にしゃべっちゃった。

私が見あげると、男の子も私を見て、ニコッと笑った。

「そっか。白翔は吹奏楽も強いもんなー」

「は、はい……」

「俺さ、小学校のとき、白翔が甲子園に出てたの見ててさ」

えっ？

それって、八年前のあの試合だよね。

「最終回、五点ひっくりかえしてさ」

「そ、それ、私も見てました！」

「え？　ほんと？」

「はい。その試合、いっぱい負けてて。でも、選手もスタンドもあきらめてなくて。空に音が飛んでて、トランペットが光ってて、すごくいいなって。それで白翔の吹奏楽部にあこがれて……」

「俺もだよ！　あの試合見て、白翔に入りたいって思った！」


私は今でも、あのときテレビで観た風景をよく覚えてる。

大歓声の中に響く『アワ・ボーイズ・ウィル・シャイン・トゥナイト』の演奏。

甲子園のスタンドは、とってもまぶしくて。

青空に高く高く、音が飛んでいくのが見えたんだ。


気づいたら、私たちふたりとも、ぼんやり上のほうを眺めていた。

やがて男の子が私を見て、ぽつりと言った。

「……いいね。なんか見えた」

私にも、見えた気がする。

青い空、野球部のユニフォーム、光るトランペット――。

「俺、絶対甲子園行くから。そのとき、スタンドで応援してくれる？」

「えっ？」

「約束ね!!」

男の子がすごい勢いでそう言ったので、私は思わず返事をしてしまう。

「は、はい！」

男の子は、ニコッと笑って走り去った。

風船のテスト

私のクラスは一年四組。

教室では自己紹介が始まったけど、こういうの、すごく苦手で。

もうすぐ自分の順番がくると思うと、緊張してしまって、さっきから机を見つめっぱなし。

「脇田陽万里です。西中からきました。ダンスが好きです。よろしくお願いしまーす」

あ、脇田さんは知ってる。

同じ中学だった子。話したことはないけど、バスケ部で、球技大会のときにすごくかっこよかった。それに、かわいくて目立ってた。

つぎに立ちあがったのは、さっき脇田さんのことをうっとり見ていたメガネの男子。

「城戸保志です。部活に恋に勉強に、がんばりたいと思います！」

まわりの男子たちから「恋ってなんだよ！」ってヤジが飛んでいるけれど、本人は楽しそう。

こうやって、気軽にうちとけられる人たちってすごいな、と私はいつも思う。

そして、自己紹介の順番は、私のなかなめ前の席までまわってきた。

坊主頭の男子が、ガタンと椅子を鳴らして立ちあがる。

思わず顔をあげると、大きな背中が目に飛びこんできた。

この人。

さっきトロフィーの前で話した男の子だ。

「山田大介です。趣味は野球。特技も野球です」

名前、山田くんっていうんだ。

「あ。あと、甲子園行きます」

それを聞いた教室中がどよめいて、あちこちから「おおー、言いきったし！」とか「マジか！」とかいう声があがった。

山田くんはニコニコ笑ってる。

その横顔から目がはなせなくて。

じっと見ていたら、山田くんはちょっとだけ振りむいた。

一瞬、視線が合ってしまって、私はあわててうつむく。

「じゃあ、つぎ」

「えっ？」

私の番だ。ガチガチに緊張して、声がうわずってしまう。

「えっと……小野つばさです。……中央西中学からきました。あの……部活は……すい……」

さっきヤジを飛ばしていた男子たちがしゃべりだした。私の声が小さいから、もう自己紹介が終わったと思ったんだ。

「……よろしくお願いします」

ぺこりとお辞儀をして、静かに席に座った。


放課後。

教室を出ようとしたところで、だれかが私を呼んだ。

「小野さん！　中学一緒だったの、うちらだけみたいだね。よろしくね！」

脇田さんだった。話しかけてくれるなんて思ってなかったから、少しおどろいた。

「うん。よろしく、脇田さん」

「陽万里でいいよ。私もつばさって呼んでいい？」

「うん！」

わ……うれしい。

中学のころは、クラスもちがったし、脇田さん……じゃなくて陽万里ちゃんは、けっこうあこがれの存在だったんだ。

こうしてしゃべってみると、すごくいい人っぽい。

「一緒に帰ろうよ」

「あ……あの……」

一瞬ためらった。せっかく帰ろうって言ってくれたけど。

「えっと……私、吹奏楽部に入ろうと思って」

すると、陽万里ちゃんが、ものすごくびっくりする。

「えええっ！　大丈夫？　ここの吹部って超キビシイらしいじゃん！　てか、つばさって中学でブラバンなんてやってたっけ？」

また同じようなこと言われちゃったなと思い、私は苦笑いをした。

「あー、いや……やりたかったんだけど……」

つばさにはムリだよ。

つばさの性格じゃ、ついてけないって。

まわりからそう言われるたびに、いろんなことをあきらめてきたんだ。

気の弱い私のためを思ってそう言ってくれていることは、わかってるけど。

でももう、あきらめるのはいや。
私、変わるって決めたんだ。

♪

廊下を進むにつれ、楽器の音が大きくなっていく。
私はドキドキしながら、音楽室の前に立った。
そっとドアのむこうをのぞくと、大勢の部員がいて——。

ガタガタと椅子をならべて、練習の準備をする人。
ノートになにかをメモする人。
楽器のチューニングをする人。
そして壁には、『一心不乱』と書かれた旗。

なんか……入っていけない雰囲気……。

つい後ずさりしてしまったら、うしろから声をかけられた。

「新入生ですか？」

振りかえると、厳しい顔つきの女子が立っていた。きっと先輩。何年生かな？

「最初に全体合奏があるので、それが終わったら先生から入部届けを受けとってください」

先輩部員がきびきび言う。ちょっとコワい。

えっと、入部届けって、どこに行けばいいんだろう……。

「あの……」

私の声が聞こえなかったのか、先輩はさっさと音楽室へ入ってしまった。

ほかの部員たちもつぎつぎと席に着く。

「起立！」

さっきの先輩の号令で、部員全員がビシッと立ちあがる。

すると、見るからに気むずかしそうな、しかめっ面の女の人が音楽室に入ってきた。

この人がたぶん先生だ。しかめっ面のまま指揮台に立った。

「礼！」

「お願いします！」

部員全員が礼をして席に座り、いっせいに楽器をかまえる。

「自由曲『ローマ』、頭から」

先生が指揮棒をあげて、部員みんなを見渡した。


しんと空気が静まる。

指揮棒が振られた瞬間、音楽がはじけた。

ジャーンと銅鑼が鳴り、トランペットのファンファーレが高らかに響いて――。


す、すごい……!!

私は思わず息をのんだ。

これが、白翔の演奏。間近で聞くと、とんでもない迫力。

だけど、先生は演奏を止めてしまった。こんなにうまいのに、どうして？

「縦の線がズレてる！　なんなのそのピッチ。ラッパ、もっとF鳴らして！」

私は、自分が叱られたわけでもないのに、びくっとしてしまった。

どなられたトランペットの部員は、大声で返事をする。

「はい！」

私には、今の演奏のどこが悪かったのか、ぜんぜんわからなかった。それに、先生の言っている言葉の意味もわからないし……。

困ってその場に立っていると、ようやく先生が私に気づいた。

「だれ？」

「あ……あの……入部希望の……」

「聞こえない」

先生、イライラしてるみたい。私はあわてて言い直した。

「い、一年四組、小野つばさです！」

「パートは？」

パート。そっか、楽器のことだ。

それなら、もう決めてるんだ。

あのときテレビで観た応援のように、私も空へ音を飛ばしたい。

「あ……その……トランペットがやってみたくて……」

先生がけげんそうな顔をする。

「あなた、初心者？」

その言葉を聞いた部員たちが、いっせいに私を見た。


ここは名門、白翔高等学校の吹奏楽部。

初心者が入部を希望するようなところじゃないんだ。

それは知ってるけど、でも。


しかめっ面の顧問の先生は、杉村先生という名前だった。

私は吹奏楽部の練習が終わるのを待って、音楽準備室に行った。すると、

「はい、これ」

先生に風船を渡された。プロ野球の試合で飛ばすような、細長い形をした風船。

というか、なんで風船なの？

「……あの……入部届けは……」

「ふくらませてみて」

なんだかよくわからないまま、私は風船に息を吹きこんだ。

だけど、ぜんぜんふくらまない！　固くてダメ！

何度やってもふくらまなくて、私の息はハアハアあがってきた。

杉村先生が、あからさまにため息をつく。

「それをふくらませるようになってから出直してくれる？」

それって……今のままじゃ入部させてもらえないってことだよね。

トランペットとか、応援とか、それ以前の問題。

さすがに心が折れそうだった。

「……はい。失礼します……」

やっとのことでそう言い、私は音楽準備室をあとにした。

今の私には、体力がぜんぜん足りないんだ……。

そう思って、元バスケ部だった陽万里ちゃんに相談してみたら、「腹筋きたえたほうがいいよ！」って。

たしかに、腹筋をつければ強い息を長く吹けそう！

さっそく私は、放課後、校庭のすみでトレーニングをすることにした。

ジャージに着替えて、ひとりで腹筋運動をしてみる。

「ううううう……」

ちっとも起きあがれない。これってはたから見たら、寝そべってじたばたしているだけに見えるんだろうなあ。

そのとき、

「小野さん？」

名前を呼ばれてあわてて起きあがると、ユニフォーム姿の山田くんが目の前にいた。

「……わっ、山田くん！」

「なにやってるの？　あれ？　吹部は？」

そっか。ジャージなんか着てるから、運動部に入ったと思ったのかも。

「えっと……風船ふくらませられないと入部できなくて。陽万里ちゃんに、腹筋きたえたほうがいいって言われたんだけど……」

すると、

「足押さえてもダメ？」

山田くんがまじめな顔をして私の足首をつかんだ。

いきなりだったから、私はびっくりしてしまった。とたんに顔が熱くなる。

その私の反応が、逆に山田くんをびっくりさせたみたいで。

「あ！　ごめん！」

顔を赤くした山田くんが、ぱっと手を放す。

「……私こそ、ごめんなさい！」

ヘンな反応した自分が恥ずかしくて、私は首をぶんぶん振って謝った。

そのとき、グラウンドのほうから「大介、先に行くぞ！」という声がし、山田くんは立ちあがった。

「じゃあ、がんばって！」

そして、ニコッと笑い、ほかの野球部員のいるほうへ走っていってしまった。

がんばって、って言われた……。

そのひとことがうれしくて、心臓のドキドキが止まらなかった。


腹筋運動のあとは、ランニングもした。これだけやると、さすがにつかれる……。

フラフラになって校庭の横を通ると、野球部の人たちが見えた。

練習、きつそうだな。

そんなことを考えていたとき、私の耳にあの名前が飛びこんできた。

「大介！　逃げてんな！　ミット前で！」

「はい！」

見ると、防具をつけた山田くんが、腰を落としてミットをかまえていた。

山田くんってキャッチャーだったんだ。

「何回言ったらわかんだよ！」

ノックを打っていた先輩らしき人がどなる。山田くん、すごく怒られてる。それに、ユニフォームが泥だらけ。

「はいっ！　もう一本お願いしますっ！」

あんなに怒られて、泥だらけになっても、山田くんはちゃんと上を見てるんだ。

「……がんばって」

気づいたら、さっき山田くんが言ってくれたことを、私もつぶやいていた。そうしたら不思議と元気がわいてきて。

「よしっ！」

ぎゅっと拳をにぎって、気合を入れる。

私だって絶対にあきらめないよ。山田くんががんばれって言ってくれたんだから！

トレーニングできる場所は、なにも学校だけじゃない。家でだってできる。

学校から帰ったあとは、自分の部屋で腹筋運動をすることにした。

「ふんっ！」

何度もやっているうちに、なんとか起きあがれるようになったけど、まだまだ筋力がついたとは思えない。風船だって膨らませてないし。

私の部屋の下はダイニングで、ドスン、ドスンという音が下まで響いてるらしい。

親は「そこまでがんばらなくても」と言うし、弟は「なにやってんの？」ってあきれてるけれど、そんなの気にしない。

もっともっと、がんばるんだ。

白翔高等学校の吹奏楽部は、名門と言われてきた。

ところがここ数年、コンクールでの成績がふるわない。

過去の栄光――。

そんな言葉さえささやかれている。

部を運営するためにはたくさんのお金が必要だが、その予算もなかなか申請しづらくなってきていた。

教頭が、机の上に吹奏楽部の予算申請書を広げ、金額をチェックしている。しばらく申請書を見つめたあと、机の前に立つ杉村のことを見あげた。渋い顔をしている。

「これ、今年もですか？」

ほらきた、と杉村は思った。教頭の嫌味は聞き飽きた。

「いくら名門だからって、吹奏楽部だけ湯水のように使われるのもねえ……」

「楽器のメンテ代が定期的にかかることは、ご存じかと」

教頭は、「はぁー……」と皮肉っぽいため息をついた。

「父母会に寄付金を募る私の身にもなっていただけますかね。ま、結果さえ残していただければ、文句は出ないと思いますけど。ね、杉村先生」

「当然です」

杉村の思いは、ただひとつ。

なんとしても吹奏楽部を復活させたい。

そのためなら、クソオヤジの嫌味などいくらでも耐えてやる！

教頭は、「よろしくお願いしますよ」といかにも不服そうに言い、予算申請書に判を押した。


職員室を出るやいなや、杉村はつぶやいた。

「……クソオヤジ！」

「あ、あのっ……！」

おどおどした声が聞こえて振りむくと、このあいだ入部したいと言った生徒が立っている。

小野つばさ、だ。

彼女は、杉村が渡した風船を手に持っていた。

そして、おもむろにそれを口にあてると、ふうっと息を吹きこんだ。

風船が勢いよくふくらみ、つばさの顔がぱっと輝く。

「入部します！　トランペット希望です!!」

勢いに押されておどろく杉村を、つばさの曇りのない瞳がまっすぐ見つめた。

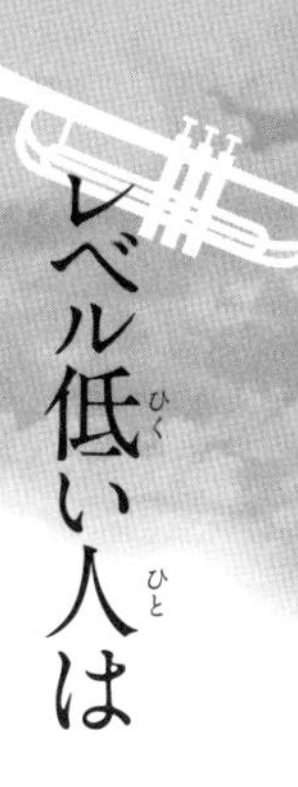

レベル低い人は

入部していいって、先生に言われた！

すごくうれしくて、授業が始まる前、さっそく陽万里ちゃんに報告した。

「よかったねーっ！」

陽万里ちゃんは、自分のことのようによろこんでくれた。やっぱりいい人。私、陽万里ちゃんと友達になれてよかったな。

「陽万里ちゃんのアドバイスのおかげだよ」

「つばさって、意外と根性あんだね」

すると、ちょうど登校してきた山田くんが話に入ってきた。

「小野は、甲子園で俺の応援してくれる約束なんだもんな」

陽万里ちゃんがきょとんとして、私と山田くんを交互に見る。

「えっ？　いつのまにそんな話になってんの？」

「あっ、いや……約束っていうか……」

うまく答えられなくてあせっていたら、廊下から山田くんを呼ぶ声がした。

「大介！」

「はいっ！」

あの人、見たことある。野球部の練習で、山田くんを怒っていた先輩だ。

「ごめん、ちょっと行ってくるわ」

山田くんが廊下へ出ていくと、いつのまにか隣にきていた城戸くんが、こそっと教えてくれた。

「あの人、大介の中学からの先輩で、野球部キャプテンの碓井さん。大介は期待されてっから。ほかの高校からいくつも推薦の話きてたんだけど、碓井先輩が白翔の野球部に引っ張ってきたんだ。碓井さんも同じキャッチャーだしな」

陽万里ちゃんが感心する。

「へー。山田くんってやっぱすごいんだね……ってあんただれ？」

城戸くんがずっこける。

「わきたぁー。城戸だよ、城戸」

「ウソだよ、わかってるって。冗談！」

陽万里ちゃんが笑うので、私も吹きだしてしまった。

それにしても、山田くんってすごい。実力があって、期待もされてて。

よゆうがあるから、私にも「がんばれ」って言ってくれるのかな。

べつに私にだけとくべつじゃないっていうのは、わかってるけど。

でも、私は山田くんのことを、とくべつに尊敬してる。

とくべつな存在なんだ。


放課後になると、私は音楽室へ急いだ。

今日は、トランペットパートの部員たちと、はじめての顔合わせ。

き、緊張する……。

「じゃあ、あらためて。トランペットのパートリーダー、三年の春日です」

そう挨拶したのは、私がはじめて音楽室をのぞいたときに、声をかけてくれた先輩。

つづいて、人懐っこそうな先輩がにっこり笑う。

「私は三年の森優花。よろしくね」

私は、全員にむかって自己紹介をする。

「一年四組、小野つばさです！　応援がしたくて、トランペットにあこがれて入りました。

よろしくお願いしますっ！」

あれ……？　みんな、なんだか微妙な反応。

私、なにか場ちがいなこと言ったのかな？

「応援って、野球の？」

春日先輩にきかれたので、「はい！」と答える。

「ほかの一年生はほとんど部活推薦で入ってて、春休みからもう練習に参加してるから、小野さんは森から基礎、教わること。とりあえず、そこが一年の列だから入ってならんで」

「はい！」

ほかの一年生は、みんな経験者。きっともう上手に演奏できるんだ。それに、応援したくて吹部に入ったなんて人も、たぶん私だけなんだろうな……。

がんばって追いつかないと。

一年生の列にならぶと、同じトランペットの高橋マルコちゃんが話しかけてきた。

「マルって呼んでね。よろしく！」

「うん」

その隣にいる水島亜希くんもトランペットの一年生。

だけど、いつも怒ったような顔をしているし、ちょっと話しづらい。


私は、森先輩にマンツーマンで指導をしてもらうことになった。

みんなとはべつの場所で、基礎の基礎から説明を受ける。

「まずは口の形から」

トランペットのような金管楽器を吹くには、口の形がとても重要らしい。これができないと、そもそも音が出ないそうだ。

「たとえばドの音を出すには、ドのくちびるを作らなきゃいけないの。これを『アンブシュア』って言います」

「アンブシュア……？」

はじめて聞く単語だったので、思わず聞きかえしてしまった。あわててノートに「アンブシュア」と書く。忘れないようにしなくちゃ。

「そう、アンブシュア。そのくちびるの振動をこのマウスピースから楽器本体に通して、音を増幅させる。それがトランペット。じゃあ、私の口、マネしてみて」

森先輩は、くちびるの両端を微妙な力かげんで引き締めた。

「は……はい」

「上下の前歯がならぶように」

私は必死に森先輩のマネをしてみるけれど、ぜんぜんうまくいかない。くちびるのどこに力を入れたらいいのか、ちっともわからない。

むずかしい！

このぶんだと、コツをつかむまでには、まだまだ時間がかかりそうだな……。

アンブシュアの練習がつづいたある日、森先輩が古びた黒いケースを持ってきた。あけると、中に入っていたのは……トランペット！

「いいんですか⁉」

「うん。みんな自分の持ってるしね。学校のだから、あんま状態よくないけど、まずは吹いてみないとね」

私は、トランペットをおそるおそるケースから出して、手に取ってみる。

ついに、あこがれのトランペットにさわれた！

それだけで、もううれしくて。私はトランペットを両手で持ち、かまえてみた。

「左手でしっかり持って、右手は添えるだけ。脇、しめすぎないで」

森先輩に言われるとおり、フォームを直していく。

「口を当てて、アンブシュアを整えて、あご引いて、吹く！」

腹筋に力を入れて、息を吹きこむと――。


ブォー……。

音が出た！

すごく小さいし、汚い音だけど！


森先輩が、私の出したぶざまな音を聞いて苦笑いする。

「まあ……はじめはこんなもんかな？」

私は、音が出ただけで感激してしまった。

でもたぶん、こんなことで喜んでるのって、初心者の私だけだよね。

合奏練習が始まると、一年生は見学をする。まだ演奏についていけないからだ。

でも、水島くんは上級生にまじって演奏していた。

ラテンのリズムの明るい曲『宝島』が、音楽室に響いている。

水島くんのトランペットは、音色がぜんぜんちがっていて、それは初心者の私にもわかるほどだ。

すごいなあ……水島くん……。

マルちゃんたちと合奏を見学しながら、私は水島くんの演奏に見とれてしまう。

みんなが楽譜を片づけ始めると、マルちゃんがこそっとささやいた。

「すごいよね、水島くん。一年でホールメンバー入りしてるの、水島くんだけだもんね」

白翔の吹奏楽部は、名門だけあって部員数が多い。

だから全員がコンクールに出場できるわけじゃない。

まずはホール練習に参加するメンバーに入らないと、その先のコンクールメンバーに選ばれることはむずかしいそうだ。

すると、杉村先生のするどい視線が、私たち一年のほうへむけられる。

「一年！　定演は全員参加が基本だから、あんたたちも水島ぐらいまでとは言わないけど、ちゃんと間に合わせるように！」

「はい！」

みんながいっせいに返事をしたけれど、〝テイエン〟ってなんだろう？

「あ、あの……テイエンって……」

マルちゃんに聞くと、小声で教えてくれた。

「定期演奏会のこと」

すると、杉村先生の大声が飛んできた。

「小野！」

「は、はい！」

「あなたもよ。間に合わせなさい」

えっ……私も演奏会に出ていいんだ！

私は、やっと部員のひとりとして認められたような気がして、すごくうれしかった。

部活のあと、私は思いきって水島くんに話しかけてみることにした。演奏会のことがうれしかったし、なによりも水島くんの演奏のうまさに感動していたから。

「水島くんって、すごいんだね」

返事がない。聞こえなかった……のかな。

「どのくらい練習したら、水島くんみたいに――」

すると水島くんは私の言葉をさえぎった。

「辞めてくれないかな、部活」

「えっ？」

思わず聞きかえしてしまった。

「応援がしたいとか、軽い気持ちでウチに入られるの、迷惑」

「……軽い気持ちなんかじゃ……」

「ごめん。言いかたまちがえた。軽い気持ちじゃなくても、辞めてほしい」

たぶん、いじわるでそう言ってるんじゃない。水島くん、心の底からそう思ってるんだ。

だって、すごく真剣な顔をしてるから。

「レベル低い人が入ると、どうしても足ひっぱられるでしょ？　森先輩だって、小野さんに教えてるあいだは練習できないわけで。みんな、本気で全国行きたいから白翔に入ってきてるんだよ」

なにも言いかえせなくて、私はうつむいた。

「だから、辞めてほしい」

水島くんの言っていることは、もっともだと思う。

私は白翔の吹部にふさわしくない。

でも、応援するって約束したんだ。入学式の日、山田くんと。

だから、私は顔をあげて言わなくちゃいけない。

「約束したから。あの……気持ちだけじゃなくて、がんばる。迷惑かけないようにがんばるよ」

水島くんは、むすっとしたままで、なにも答えてくれなかった。

定期演奏会の日

六月の定期演奏会までには、絶対に演奏できるようになっていたい……。

その一心で、私は練習をつづけた。

森先輩のマンツーマン指導は、厳しいけどすごくわかりやすくて、教えてもらったことは、なんでもノートに書くようにした。

腹筋をきたえる練習も、一生懸命にやった。

たとえば、椅子に座ってお腹に力を入れて足をあげたまま、トランペットで音を出しつづける「足あげロングトーン」。すごくキツくて、やったあとはいつも体がプルプルするけど、上達するためならがんばれた。

家では、お風呂の中にまでマウスピースを持ちこんで練習。

つい長風呂になってしまって、お風呂の順番待ちをしている弟に、いつも文句を言われた。

私の頭の中は、一日じゅう練習のことでいっぱい。

しばらくそんな日がつづいたあと、ついに私も、トランペットのパート練習に参加させてもらえるようになった！

みんなと一緒に『宝島』を吹けるのは、本当にうれしくて。

でも、音はまだまだひどい。

自分でもがっかりするような演奏だけど……。

その音は、校庭にいる野球部にも届いていた。

練習が終わり暗くなったグラウンドで、整備用のトンボを引きながら、大介が言う。

「小野ってさ、すごいよな」

「ん？　なにが？」

城戸が振りかえる。

「いつも練習のとき、トランペットの音、聞こえるだろ？　小野じゃないかって思うことがあるんだ」

城戸は、フフッと笑った。

「ああ、ひとりだけ下手なやつな！」

名門といわれる白翔の吹奏楽部に、つばさはたったひとり、初心者で入部した。

経験者でもついていけないような練習なのに、必死に食らいついている。

大介はそんなつばさのことを、強い人だな、と思っていた。

「でも、あれ聞くとヤル気出る。俺も負けらんねーなって」

小野は強いし、それに……。

大介の胸に、はじめて出会った日のつばさの姿が思い浮かんだ。するど、校庭のすみで腹筋運動をしていたつばさや、教室で楽しそうに陽万里とおしゃべりしているつばさの姿が、つぎつぎと浮かんでくる。最近は「山田くん」ではなく、陽万里たちと同じように「大介くん」と呼んでくれる。それがなんとなく、大介にはうれしかった。

ふと立ち止まった大介は、じっと校舎を見つめた。トランペットの音が、今日も風に乗って飛んでくる。

がんばれ。

大介は心の中で声援を送り、またトンボを引き始めた。

私の演奏は下手で、ひとりだけ浮いてるって、自分でもわかってる。

それでもみんなに追いつきたくて、全体の練習が終わったあとも音楽室に残り、個人練習をしている。こんなにやってるのに、音が小さかったり、安定させられなかったりで、そういうときはけっこうへこむ。

その日もひとりで居残り練習をしていたら、荷物を取りにきたのか、部屋に水島くんが入ってきた。

「あ、あの……」

勇気を振り絞って声をかけると、水島くんがこっちを見た。

すると、

「トランペット、買ってもらったほうがいい。それ、音がひどすぎる」

水島くんはそう言った。

えええっ？

今のって、アドバイスだよね？　水島くんが、私に!?

「あ……ありがとう」

すごくびっくりしたけど、でもなんだかうれしい。

水島くんは、ちゃんとがんばれば、ちゃんと認めてくれる人なんだ。水島くんのことが、少しだけわかったような気がした。

そして、早くみんなの音に合わせられるようになりたいって、ますます思った。

とはいえ、毎日の練習はホントにキツくて。

たまに制服を着たままうっかり寝てしまったり、目覚ましが鳴っても起きられなかったり。

今日も目が覚めたのは、朝練に間に合うギリギリの時間。私は猛ダッシュで家を出た。

でも、バスが行ってしまって……しかたなく学校までの道を走っていたら、大介くんの声が聞こえてきた。

「小野ーっ！　おはよ！」

自転車に乗って、こっちへくる。どうしよう。私、髪とかぐちゃぐちゃだ。

「お、おはよ！」

「朝練？」

「うん！　バス、乗り遅れちゃって！」

すると、大介くんが自転車を止める。

「乗る？　……のはダメか。あ、じゃあ、俺走るから、小野乗って！」

「……でも」

大介くんだけ走らせるなんて、そんなことできない。

「いいから！」

私がためらっていると、大介くんは私にハンドルを預け、軽い足取りで走りだした。

いいのかな……。私はそう思いながら、大介くんの自転車に乗る。

わあ、サドルが高い。あたりまえだよね。身長、ぜんぜんちがうし。

自転車の前を走っていく大介くんの背中は大きくて。

その背中に、いつもたよってるのは私ばかりだ。

「あの、大介くん、ありがとう。私、いっつも一方的にはげましてもらってばっかりだよね……」

「一方的じゃないじゃん。試合のときは、俺が小野の応援にはげましてもらうんだから」

そう言う大介くんの横顔を、朝日が照らしている。

「……うん！」

私は笑ってうなずいた。

今は応援してもらってばかりだけど、試合では、私が大介くんを応援するんだ。

そのときは、大介くんが上をむけるような音で吹くよ。

どんなにピンチでも、どんなに気持ちが負けてても、上をむけるような音。

そんな音で、きっと吹くからね！

あっという間に六月。定期演奏会の日がやってきた。
部員はみんな、おそろいのTシャツを着て舞台に出る。これは毎年恒例らしい。
控え室にいるあいだ、私はものすごく緊張していた。

私のトランペットは、もう学校の備品じゃない。演奏会前に自分のトランペットを買ってもらったんだ。

高価な楽器だから、親にお願いするのは気が引けたけれど、「つばさががんばっているから」と、お父さんはよろこんで買ってくれた。


『ただいまより、札幌白翔高等学校吹奏楽部、第二十六回定期演奏会を開演いたします』

アナウンスが流れたとたん、私はさらに緊張してしまった。

客席には白翔の生徒や家族、吹部のOB、OG、陽万里ちゃんやうちの両親もきている
……そう思うと指がこわばる。

大丈夫。練習してきたとおりに吹けばいいんだ……。

自分に言い聞かせて、ピカピカの新しいトランペットをかまえる。

いつもみたいにできる。きっと。

軽快な『宝島』のイントロが始まった。アゴゴベルがサンバ風のリズムを刻むと、会場からも手拍子が起きる。

『宝島』は、笑顔で楽しく演奏する曲。私は、この曲が大好きだった。どのパートも活躍できて、演奏するほうも、聞いている人たちも盛りあがる、そんな曲だから——。

演奏会は大成功だった。

プログラムがぜんぶ終わると、会場ロビーは、観客と部員たちでいっぱいになった。

「つばさ！　おつかれーっ！」

陽万里ちゃんとうちの両親が近づいてくる。

「最高だった！　よくがんばったねー！」

「あ……ありがとう……陽万里ちゃん」

お父さんとお母さんも、とてもうれしそう。

「すごい迫力で、お母さん、びっくりしちゃった」

「そうだな。トランペット、やっぱり買ってよかったな」

みんな楽しそうにしているのに、私だけひとり、顔をあげられないでいた。うしろめたくて、よろこんでいるみんなのことを見られない。

だって――。

定期演奏会の翌日も部活だった。

夕方になり、部員たちは楽器を片づけて帰っていく。気づくと音楽室に残っているのは私だけ。

そこへ水島くんが入ってきた。

「お……おつかれさ――」

「吹いてなかったよね？」

水島くんのするどい声に、私の体はびくっと震えた。

そのとおりだった。

私は定演のあいだ、一度もトランペットを吹いてない。

トランペットの音は高いから、ハズすと目立つ。それがこわくて、音を出せなかった。

怖気づいて、ずっと吹きマネだけしてたんだ。

「本番、吹かなかったよね？」

水島くんはトランペットをケースに入れながら、冷たい目で私を見る。

「がんばるんじゃなかったの？」

がんばるつもりだったのに。

がんばるって言ったのに。

「これからも、ずっと吹きマネしていくつもり？　それって、やる意味あんの？」

水島くんの言葉が胸に突き刺さる。

私、なにやってるんだろ……。

目指せ、普門館！

水島くんの言葉が、頭からはなれない。

教室にもどると、もうだれもいなかった。机の上にトランペットを置き、うつむいて席に座る。外は薄暗い。

私、一度も吹けなかった。定演のあいだ、一度も。

すると、ドタドタッと足音が聞こえ、大介くんが教室に入ってきた。荷物を取りにきたみたいで、明かりもつけないで教室にいる私を見て、目を丸くしている。

「小野？」

大介くんの顔を、まともに見られなかった。情けなくて。悲しくて。

「なにかあった？」

「……吹けなかった」

「えっ？」

ちがう。吹けなかったなんて、そんなのただの言い訳。

「吹けなかったんじゃない、吹かなかったんだ。本番、急にこわくなっちゃって……」

涙をこらえてうつむくと、上履きが見えた。

「……私、いつも自分の靴、見てたの。だれかになにか言われると、すぐうつむいて、あきらめて……」

もうあきらめないって決めたのに。

私、ぜんぜん変われてない。

「今度こそ変われるって思ったのに……なにやってんだろ……」

すると大介くんは、とつぜんこわい顔をして、教室を出て行ってしまった。

大介くん……？

きっと、あきれられたんだ。私が卑屈なことばかり言うから、もう話すのイヤになったんだ。

せっかく「がんばって」って言ってくれたのに――。

そう思ったら涙があふれてきて、下をむくとぽたぽたこぼれ落ちた。目の前がにじんで、なんにも見えない。

「飲んで！」

その声で、私ははっと顔をあげた。

大介くんがペットボトルを私に差しだしていた。

大介くん、私を見てあわてている。

「ええっ……あー、大丈夫？」

そっか、私がすごく泣いてるからだ。泣き止みたいけど、大介くんの姿を見たらほっとして、また涙があふれてくる。

「だ、大介くんに失望されたと思って……」

「失望!?　するわけないじゃん！　なんか飲んで元気出してもらおうと思って、飲み物買いに行ってて。……あれ、待っててって言わなかった？」

「言ってない」

言われてたら、こんなに泣いてないから……。

私はなんだかおかしくなって、泣きながら笑ってしまった。大介くんもニコッと笑う。

「そうだ！　小野、ペン貸して。消えないやつ！」

油性ペンなら……定演の準備で使ったの、持ってる。ペンケースから取りだして渡すと、大介くんはいきなり私の足元にしゃがむ。

な、なんだろ……？

そして、私の上履きになにか描き始めた。

「よし！　これで下見ても大丈夫!!」

上履きをのぞきこむと、そこに描いてあったのはニコちゃんマーク。

私が顔をあげると、大介くんはニコちゃんマークみたいに笑っていた。

「俺、小野と最初に話したとき、ホントに見えたんだ――」

俺が甲子園にいて。
小野はスタンドで、トランペットを吹いてる。
空は晴れてる。
小野の音が飛んでる。

大介くんの声が、うす暗い教室に響いて、私をつつむ。
すると、私にも見えてきた。
甲子園のグラウンドに立つ大介くんの姿が。

吹部のみんなには、吹きマネをしたことを正直に言って謝ろう。
そう決めて、私は練習前に先輩たちのところへ行った。

「すみませんでした！」

思いきって頭をさげたら、春日先輩に怒られた。

「うちらが気づいてないと思ってた？」

いつもはやさしい森先輩も、今回はすごく厳しい口調。

「べつにコンクールじゃないし、つばさひとりが吹かなかったところでたいしたことないけど、自分ひとりくらいやらなくていいとか、みんなが思ったら、それはこわいことだよね？」

「……はい」

怒られてもしかたがない。自分が悪いんだ。

「もし、なにも言わないでいたら、辞めてもらうとこだった。でも、がんばる気があるなら、もういい。謝るヒマがあったら練習して」

春日先輩がそう言った。

春日先輩はパートリーダーだから、厳しいのはあたりまえだ。トランペットのメンバーをまとめなくちゃいけないし、そのためには、吹きマネなんてしている部員を置いておくわけにはいかないんだと思う。

「はい！」

大きな返事をして、私は気持ちを引き締めた。

ふと教室のすみを見ると、水島くんがいた。

さすがに、話しかけづらいけど……。

思わずうつむくと、上履きのニコちゃんマークが笑っていて。

大介くんのことを思いだしたら、勇気がわいてきた。

「あ、あの――」

水島くんは準備の手を止めて私をじっと見る。

「――ありがとう、水島くん」

「べつに、感謝される覚えはないけど」

「でも、ありがとう。ちゃんと怒ってくれて」

水島くんが怒ってくれなかったら、きっと私、いつまでも自分に甘えてた。だから、ありがとうって伝えておきたかったんだ。

そのとき、杉村先生が教室に入ってきて、私たちはあわただしく椅子に座る。

「定演が終わってほっとしてるかもしれないけど、すぐにまたコンクールにむけての練習が本格的に始まります。今までの練習がぬるく感じるくらい、ビシビシいくから覚悟して！」

「はい！」

「それから、来月からは野球部の大会もあります。決勝に進めばウチも応援で参加することになるので、演奏曲、各自確認しておくこと」

野球部の応援！

そう聞いただけで、私の胸は高鳴った。こんなによろこんでるのは、吹部の中でも私くらいだろうけど……でもうれしくてドキドキする。

「じゃあ、今日は課題曲の頭から……と言いたいところだけど、定演も終わったことだし。春日、今日はなんの日？」

杉村先生にきかれて、春日先輩がとまどっている。

「えっ？　……住吉のお祭り、ですか？」

住吉神社では、この時期に毎年お祭りがある。参道に屋台がたくさん出て、けっこうにぎわう。でも、吹部は練習があるからお祭りには行けないはず……。

「今日はオフにするから、行ってよし」

うわ……ほんとに⁉

みんなうれしすぎて、おおはしゃぎしてしまった。

私はマルちゃんたちと、住吉神社へでかけた。

せっかくのお祭りだし、浴衣を着て、髪もアップにして。

参道を歩いている途中で、クラスの子と一緒にいる陽万里ちゃんの姿を見つけて、手を振った。

「陽万里ちゃん!」

「おーっ、つばさもこられたんだ!」

「うん。部活、休みになったんだよ」

陽万里ちゃんは、私のほうへ走ってくる。

「陽万里ちゃん、浴衣、かわいい」

「つばさも似合ってるよ」

すると、陽万里ちゃんはなにかを思いついたような顔をして、マルちゃんたちに言う。

「ごめん。ちょっとつばさのこと、借りるね！」

そして、私の手を引っ張った。

「え……ちょっ……どうしたの？」

「いいから！」

手を引かれるまま歩いていくと、

「城戸ーっ！」

陽万里ちゃんが呼んだ先の屋台に、城戸くんと大介くんがいて、焼きそばをがつがつ立ち食いしていた。

あ、大介くんと目が合った。なんだか……顔が熱い。

「私、城戸とちょっと話があるから、あとよろしくっ！」

城戸くんは、焼きそばを口に入れたまま目を丸くする。

「なに？　話って？」

「うるさいっ」

戸惑っている城戸くんを、陽万里ちゃんはどこかへ連れて行ってしまった。


「……行っちゃったね」

とか言ってみたけど……どうしよう。なに話したらいいんだろ。

私が見あげると、いつもまっすぐ見返してくる大介くんが、少し目をそらした。

大介くんの顔、少し赤い気がする。暑いの……かな。

「な、なんか小野、浴衣とか着てるし。学校以外で会うの、はじめてじゃね？」

わ……ちょっと……そういうこと言われると、恥ずかしくなるから。

私がどぎまぎしていると、大介くんはいつもみたいにニコッと笑った。

「お参りでもしとく？」

「うん」

私たちは、ゆっくり歩いて境内まで行き、お参りをし、絵馬を書くことにした。

私が書いたのは、もちろん部活のこと。

『目指せ、普門館！』

それを見た大介くんが言った。

「普門館？」

「うん。吹部にとっての甲子園みたいなところなんだって」

「へえー！」

私も、吹部に入ってはじめて知った。

普門館は、全日本吹奏楽コンクールが開催される場所。東京にある大きなコンサートホールで、全国の吹奏楽部がその舞台に立つことを夢見て練習している。

白翔の吹奏楽部も、昔はそこで何度も演奏したことがあった。

「やるからには、やっぱり上を目指さなきゃだめだなーって。初心者がなに図々しいこと言ってんだって感じだけど」

「すごいじゃん！　夢が成長してる!!」

私はうれしくて、でも少し恥ずかしくて、つい話をそらしてしまった。

「大介くんは、なんて書いたの？」

「えっと、俺も部活のこと」

「見せて！」

「いいのいいの」

「なんで？　自分だけずるいよ」

絵馬をうばおうとして、私は手を伸ばした。

その拍子につまずいてしまって。

私は大介くんの胸に飛びこんだ。

「……ごめん！」

あわてて体をはなし、頭をさげる。

「あ、いや、俺もごめん……」

私たちふたりとも、顔を赤くして言葉につまってしまった。

そんなふたりを、陽万里と城戸が遠くからこっそり見ていた。

陽万里がじれったそうにつぶやく。

「お似合いだと思うんだけどなー」

城戸もお似合いだとは思っていたが、今は大介たちのことをかまっている場合ではなかった。あこがれの陽万里とふたりきりになれたのだ。

「あのー。せっかくだからさ、俺たちも一緒にまわらない？」

思いきってそう言ったら、陽万里にじーっと見つめられた。

やべ。ちょっと調子に乗りすぎたか？

陽万里の目ヂカラにたじろいでいると、

「べつにいい……けど？」

予想外のいい返事が返ってきて、城戸は思わず「よっしゃ！」とガッツポーズをした。

九回裏の祈り

七月。
野球部は、南北海道大会で順調に勝ち進んでいた。
教室の黒板には「山田・城戸／公欠」と書いてある。
私と陽万里ちゃんは、一緒にお弁当を食べながら、ちょっと不安だった。
今ちょうど、野球部は試合をしているところなのだ。
「あのふたりがいないと、なんだか静かだね」
陽万里ちゃんの言葉に、私はうなずく。

一年生の大介くんたちは試合に出ていないけれど、きっと一生懸命に先輩たちを応援しているはず……。

そのとき、クラスの男子が教室にかけこんできた。

「野球部、勝ったって！　決勝進出‼」

とたんに、教室にいたみんながわっと歓声をあげる。

クラスメートたちは「すげー！」「つぎ勝てば、甲子園？」と盛りあがっている。

私と陽万里ちゃんも、大喜びで顔を見合わせた。

「つばさ！　応援行けるじゃん！」

「うん！」

私が白翔の吹奏楽部を目指したきっかけ。

野球部の応援。

ついに実現する日がやってきて、私の胸はいっぱいになった。

そのころ、試合の終わった球場では、大介が、監督に呼ばれていた。

選手控え室に行くと、そのまま碓井のもとへ連れていかれる。

肩に包帯を巻いていた碓井は、ふたりに気づいて顔をあげた。

「俺、つぎも出られますから」

大介は、そんな碓井の姿を見て、いたたまれない気持ちになった。

碓井は、中学のころから世話になっている先輩だ。

碓井にしてみれば、ずっと目をかけてきた後輩に、正捕手の座を奪われることになる。

しかも決勝戦でだ。つらいに決まっている。

しかし、監督はすでに決断していた。

「大介。決勝、おまえがマスクかぶれ」

「でも……」

ためらう大介の目の前で、碓井はくやしそうにくちびるをかみしめた。

やがて、口をひらく。

「大介、たのんだ」

「……はい！」

大介は覚悟を決めた。

先輩のぶんも俺はがんばる。

先輩のくやしさも、全部甲子園へ持っていく――。

♪

もうすぐ野球部の応援に行けるんだ！

そう思うと、これまでよりもっと練習に力が入る。

歩いているあいだも、私はトランペットの指の動きを繰りかえした。

その日もイメトレしながら家までの道を歩いていたら、意外な人に出くわした。

「森先輩？」

「あれー。どうしたの？」

「私の家、こっちなんです。先輩は？」

ふと見あげると、接骨院の看板が目に入った。先輩が、なにげなく腕を隠そうとする。

その腕には、包帯が巻かれていた。私、見ちゃいけないものを見てしまったのかな。

「あの……」

「ただの腱鞘炎。たいしたことないから。じゃあね」

森先輩はそう言って歩きだしたけれど、すぐに立ち止まって振りかえる。

「だれにも言わないでね」

その声が、いつもの明るい森先輩とは別人のようで、私ははっと息をのんだ。

「あ……ほら、みんなが心配するといけないから。言うときは自分で言う。だからつばさはだまってて」

「はい……」

こんなふうに口止めするなんて、森先輩らしくない。

立ち去る森先輩のうしろ姿を見ながら、私はすごく不安になった。

次の日も、不安な気持ちは消えなくて。

ぼうっとしていたら、登校してきた大介くんに声をかけられた。

「おはよ」

「あ、おはよう。決勝進出おめでとう！」

すると、大介くんの顔つきがぐっと真剣になる。

「俺、つぎの試合に出ることになった」

えっ、ほんと！

一年生なのに試合に出られる人なんて、めったにいない。それだけ大介くんに実力があるってことだ。

「すごい、すごいね！　吹部も応援に行くからね!!」

大介くん、いつもみたいにニコニコ笑ってくれると思っていたけど。

そうでもなくて。

「どうしたの？」

「……先輩のケガで入ったから、やった！　ってかんじじゃなくて」

ケガ。その言葉を聞いて、森先輩の姿が浮かんだ。

「俺が先輩だったら、体がぶっ壊れても出たいだろうな、って思うから」

きっと森先輩も同じ。コンクールに出たいはず。

だとしたら、みんなには腱鞘炎のことを秘密にしておいたほうがよさそう。

「そういう気持ちも、ちゃんと引き受けなきゃって」

大介くんはきっと、たくさん悩んだり考えたりしたんだ。

考えぬいて心を決めたんだろう。

「私、応援がんばるね。音はずしても最後まで吹くよ」

「うん。すげー楽しみにしてる」

「行こうね、甲子園。一緒に！」

「おう」

よかった。大介くんがやっと笑ってくれた。

その笑顔を見ていると、スタンドで応援する吹奏楽部の演奏が、今にも聞こえてくるような気がした。

南北海道大会決勝戦、当日。

球場は、スタンドの上まで観客でいっぱい。

吹奏楽部は、お揃いのTシャツを着て、野球部と同じキャップをかぶり、スタンドに立つ。

対戦相手は、青雲第一高校。

この高校はすごく強くて、去年は南北海道代表で夏の甲子園に出場したんだ。

スタンドはホントに暑い。流れる汗を拭きながら、私たちは演奏する。

八回裏まで、0対0だった。

白翔は先攻だから、つぎの九回表に点を取らないと、かなりまずい。

『八番、キャッチャー、山田くん――』
場内アナウンスが流れた。
九回表、大介くんの打順がまわってきた。
ツーアウト、ランナーなし。
もし大介くんが打てなかったら、0点のままでこの回が終わってしまう。
がんばれ！
私は打席に立つ大介くんに届くように、力をこめてトランペットを吹いた。

カキン!!
大介くんのバットがボールをとらえ、白翔側のスタンドからわっと歓声があがる。
やった、ツーベースヒット！
二塁ベースまで走った大介くんが、ガッツポーズをしてる。
でも、次のバッターが打てずに、一点も入らないままチェンジになってしまった。

白翔の攻撃が終わって、吹奏楽部のメンバーは座席に座った。

味方チームが守備の間は、ブラバンの演奏は禁止。それが応援のルールだ。

九回裏。青雲が0点のままなら、試合は延長戦に入る。

森先輩や春日先輩は、いつもと同じようにおしゃべりをしているけど、私はとてもそんな気分になれなくて。

水島くんはふだんどおりに淡々としている。楽器のコンディションが気になるらしく、私のトランペットをじっと見る。

「暑いから、楽器が傷む。トランペットになにかかけなよ」

「そうだね。ありがとう」

私がトランペットにタオルをかけると、マルちゃんがつぶやいた。

「応援はうちらが勝ってるよね」

「うん」

応援も、そして試合も勝つんだ。

選手のみんなが勝てるって思えるような応援をするんだ。

青雲の攻撃。最初のバッターがかまえて……いきなり打たれてしまった。

そのまま二塁まで走られ、白翔、ピンチだ。

青雲、つぎのバッターは三振。これでワンナウト。

そのつぎのバッターが打ったボールは、前に飛ばず、キャッチャーの上にあがった。

大介くんが、上をむいて必死にボールを追いかける。

そして、バックネットぎわの壁に、思いきりぶつかって倒れてしまった。

「…………！」

私は思わず息をのむ。

痛そうに肩を押さえてる。ケガとかしてなければいいけど……。

すると、ボールをがっちりキャッチした大介くんが立ちあがり、笑顔でツーアウトのハンドサインを出した。

よかった、大丈夫みたい。私はほっと胸をなでおろした。

四人目のバッターが打席に入った。

ピッチャーが投げたボールが、大介くんの目の前で地面にバウンドして、キャッチが一瞬、遅れてしまった。

それを見た青雲の二塁ランナーが、チャンスとばかりに三塁へダッシュを始める。

大介くんが三塁へボールを投げたけど……そのフォームを見て、私は気づいた。

たぶん大介くん、さっきぶつけた肩が痛いんだ。

そのせいなのか、投げたボールが三塁選手のグローブから大きくそれてしまった。三塁がボールを追う間に、青雲のランナーがホームインして……。


白翔高校、敗退。八年ぶりの甲子園出場ならず——。


白翔側のスタンドが、しんと静まりかえった。

青雲の選手たちは、ホームベースの近くで大喜びしている。

その横で、大介くんは肩を落として立ち尽くしていた。

先輩に背中をたたかれても、顔をあげなくて――。

気づいたら私は、トランペットを吹いていた。

ひとりで、『アワ・ボーイズ・ウィル・シャイン・トゥナイト』を演奏していた。

大介くんが、顔をあげてこっちを見る。大介くんのほおが涙で濡れている。

水島くんに演奏を止められて、私ははっと我に返った。

杉村先生と春日先輩が、鬼のような顔をして私をにらんでいた。

青雲の応援団や観客たちも、とまどった様子で私を見つめていた。

つらい夏

「自分がなにをしたのかわかってる!?」

私は音楽準備室に呼びだされ、杉村先生に怒鳴られた。

「……はい」

「わかってない!!」

びくっと身がすくんでしまう。

「相手校からなにもなかったからよかったけど、あなたのやったことは、明らかなマナー違反なのよ？　白翔の野球部と吹奏楽部には伝統があるの！　それは先輩たちが積みあげてきたものなの！」

野球部と吹奏楽部の伝統。

先輩たちが積みあげてきたもの。

それを聞いて、私はやっと事の重大さに気づいた。

「それをあんたひとりの勝手な行動で台無しにするところだったのよ？　もっと集団で行動してることを自覚して!!」

「すみませんでした……すみませんでした！」

涙があふれてくる。

何度謝っても、かんたんには許してもらえないだろう。そのくらいのことを、私はしたんだ。

杉村先生がため息をついた。

「なんでいきなり吹いたの？」

私はうつむいたまま、答えられなかった。

「野球部にだれか好きな人でもいたの？」

好きな人……。

私の視線の先で、上履きのニコちゃんマークが笑っていた。

いつから？

ニコちゃんマークを描いてくれたとき。自転車を貸してくれたとき。腹筋運動をする私に、がんばれって言ってくれたとき。

ちがう。入学式の日、トロフィーの前ではじめて出会って、笑いかけてくれたあのときから、私はもう――。

大介は、部室の壁に貼られたトーナメント表をぼんやり眺めた。

しばらくそうしていると、うしろから声がする。

「自分のせいで負けたとか、図々しいこと思ってんなよ」

振りかえると、制服姿の碓井が立っていた。

碓井は、持っていた紙袋を大介に渡す。

大介は紙袋をひらいて中を見た。入っていたのは、本やDVD、手書きのノート……ぜんぶ野球関連のものだ。

「俺はさ、二十四時間三百六十五日、夢ん中でも野球してた。そこまでやったって、負けたときにはまだ足りなかったんだなって思うんだ」

大介には、碓井の言葉が身にしみた。

俺は、そこまでやったのか？　まだ甘かったんじゃないか？

だとしたら、下なんかむいている場合じゃない。

「これもおまえにやるよ」

碓井が、バッティンググローブを大介に差しだした。

使いこんで汚れたグローブには『甲子園に行く！』とマジックで書いてある。

「おまえは後輩連れてってやれよ、甲子園に」

そう言うと、碓井は踵を返す。

大介は、うしろ姿にむかってさけんだ。

「あざっした！」

碓井は振りむきもせず、ひょいと右手をあげて歩いて行った。

部活が終わり、大介が校門へむかっていると、マルコや水島たちの姿が目に入る。

こんなに遅い時間まで練習をしているのは、野球部と吹奏楽部くらいだ。

大介は走りよって、一礼する。

「応援、ありがとうございました！」

しかし、いつも彼らと一緒にいるつばさの姿がない。

「小野は？」

大介がなにも知らないことにおどろき、マルコたちは顔を見合わせた。

水島がぶっきらぼうに答える。

「謹慎処分だよ」

「それって……試合んとき、ひとりで吹いたから？」

「自業自得」

不愛想すぎる水島を、マルコがたしなめる。

「水島、言い方。私はつばさが吹きたくなったの、わかるよ。野球部のみんな、すごくがんばってたし。惜しかったよね」

大介は、そのときはじめてつばさの処分のことを知った。

試合に負けた俺らをはげまそうとして、だから小野は吹いたんだ。

たったひとりで。一生懸命に……。

いてもたってもいられなくなった大介は、もう一度マルコたちに一礼して、走りだした。

♪ ☆ ♫

部屋のベッドに寝そべって天井を見る。

すると、杉村先生の声がよみがえってきた。

『野球部にだれか好きな人でもいたの？』

好きな人。

上履きのニコちゃんマークみたいに笑う人。

私にいつも力をくれる人――。

ぼんやり考えていたら、一階からお母さんの声が聞こえてきた。

「つばさー、お客さんよー。山田くんって男の子」

大介くん⁉

ガバッとベッドから飛び起きて、私は階段をかけおりた。


街灯の光の中、自転車を押す大介くんとならんで、私は公園まで歩いた。

「ごめん。脇田に住所聞いた」

その声を聞くだけで胸がいっぱいになって、大介くんの顔をまともに見られない。

「明日、俺も先生に謝りに行くよ」

「いいの！　私が好きでしたことだから……」

私は、自分で言った「好き」にあわててしまう。

「あ、好きって変な意味じゃなくて……その……」

「俺、強くなるから」

「えっ？」

「もっと強くなって、小野ひとりに吹かせるようなこと、もう絶対にしないから。友達にそんなことさせないから」

「……友達」

私は……私は、大介くんのことを友達だと思ってなかったみたい。

好きになったのが自然すぎて、わからなかった。

気づいたときにはもう、好きになってた。

「あの……大介くん」

私は勇気をふりしぼって、大介くんを見あげる。

「私、大介くんのこと、友達じゃなくて好きって言ったら、困る？」

私を見つめていた大介くんの視線が、自転車のカゴに移る。そこに入っていたバッティンググローブには、『甲子園に行く！』と書いてあって。

大介くんの戸惑いが、私にも伝わってくる。

「……俺、今は野球に集中したい。だから、付き合うとか考えられない。ごめん」

だめなんだ。そっか。そうだよね。だめだよね。

こういうときって、涙も出ないんだ。

ただ目の前が真っ暗になるだけなんだ。

「や……あの……。私こそ、変なこと言ってごめんね……」

私、大介くんにフラれてしまった――。

次の日、陽万里ちゃんに、告白したことを話した。

陽万里ちゃんは、ずっと話をきいてくれて、私をなぐさめてくれた。

一緒にいてくれる友達がいてよかった。

ひとりだったらきっと、立ち直れないと思うから。

〝全国〟ということ

放課後の部室では、城戸が大介をしかりとばしていた。

「なんでだよ!?」

大介はなにも答えず、もくもくと着替えている。

「脇田も、大介はてっきり小野さんのことが好きなんだと思ってたって」

もちろん城戸もそう思っていた。

「なんでことわったの!?　女子として見られないとか、そういう――」

「ちがうって！」

そう言うと、着替えの手を止め、城戸に顔をむける。

「俺は、期待を裏切ったんだ」

「は？」

大介は、バンッと音を立ててロッカーのドアをしめた。

「自分が試合に出て、甲子園行けなくて、先輩たちの夢も小野の夢もつぶして。付き合ったりしてる場合じゃねーだろ！」

なんだよそれ、そんな理由かよ、と城戸は思う。

大介は野球のことになるとがんこすぎる。

一途とか、そういうのを超えている。ひたすらがんこだ。

「……俺、今、おまえのことはじめてバカだと思ってるから」

城戸があきれていると、大介はいらだたしげに部室を出て行った。

謹慎処分が解けて、はじめての部活の日。

ちょっと緊張して音楽室に入ると、春日先輩たち三年生が森先輩を取りかこんでいた。

なにしてるんだろう、と思っていたら、森先輩が私に目をむけた。

「あんたが言ったの？」

「えっ？」

びっくりしていると、春日先輩が私をにらむ。

「つばさ、知ってたの？　優花の腱鞘炎」

答えに困ってしまった私の代わりに、森先輩が答えた。

「私が言うなって言ったんだよ。あんたに言ったら外されるから」

「外すよ。あたりまえじゃん。前の合奏のときから微妙にテンポが遅れるから、おかしいと思ってたんだ」

春日先輩にそう言われ、森先輩はくやしそうにくちびるをかんだ。それでも春日先輩は表情ひとつ変えない。

「手が治るまで、メンバーにはもどさない」

「それって、コンクールは諦めろってこと⁉」

すると、ほかの三年生の先輩たちが森先輩をなだめる。

「優花……」

「まだわかんないじゃん。一ヶ月あれば――」

「間に合うわけないじゃん！　それくらいわかるよ！」

今は七月。

八月に札幌地区大会、九月に北海道大会、そして全国大会は十月。

この時期にケガで練習ができなくなったら、コンクールメンバーにもどれる可能性は、とても低くなる。

「……辞める。コンクール出られないならもう辞めるよ！　なんのために白翔に入って、今までこんな……」

そこまで言うと、森先輩は音楽室を出て行ってしまった。

その日の合奏練習は、ひどい出来で、杉村先生が何度も演奏を止めた。

「ストップ！　ぜんぜん合ってない！」

見学していた私たち一年も、重苦しい雰囲気に押しつぶされそうだった。

トランペットパートの座席がひとつ、ぽっかり空いている。

いつも森先輩が演奏してた席。

森先輩に帰ってきてほしい。

このまま終わってしまうなんて、絶対にいやだ。


私は森先輩がもどってきてくれるまで、先輩の家へ通うことにした。

でも、本人は会ってくれなくて。

玄関先へ出てきてくれるのは、いつも先輩のお母さんだ。

「何度もごめんなさいね」

「いえ……」

また今日も、会いたくないと言ってるそうだ。私はあきらめて、マンションの廊下を歩きだす。

すると、ドアのあく音がした。振りかえると、森先輩が立っていて、憎らしそうに私をにらんでいた。

「毎日毎日毎日、家まで押しかけてきて、いったいなんなの？　ほっといてよ！　会いたくないんだよ、吹部の人になんか！」

「部活、きてください。私、先輩にいてほしいんです」

先輩は、それを聞いてさらに怒った。

「あんたはいつもそうやってキレイごとばっかり……さむいんだよ！」

なにを言われても我慢しよう。

つらいのはケガをした先輩のほうなんだ。私じゃない。

「いいかげん、気づいたら？　あんたみたいな才能もない初心者は、三年間どんなにがんばったってメンバーになれないんだよ！」

さすがに、足がふるえてきた。

ダメだ。ここで泣いちゃダメ。

「今までずっと、バカじゃないのこいつ、って思ってたよ！　私の気持ちなんかわからない！」

……そんなふうに思われてたんだ、私。

私の目から涙がこぼれそうになった瞬間、森先輩の顔がさっと青ざめた。それでも、また私をにらむ。

「帰って！　もうくるな!!」

そして、家にもどってドアをしめてしまった。

「またきます！」

私は、とじたドアにむかってさけんだ。

マルちゃんは、なぜか私が森先輩のところへ通っていることを知っていた。次の日に部活に行くと、「私も先輩の家へ行くよ」と言ってくれた。

すると、つぎつぎと三年生たちも集まってくる。

「私たちも一緒に行っていい？」

もちろん、きてほしかった。みんなの気持ちが伝われば、森先輩は部活にもどってきて

くれるかもしれない。するとそのとき、

「こない人のことを心配してるヒマなんか、ないと思うけど」

いつの間にか、春日先輩が立っていた。

「でも……」

私がそう言いかけたら、三年生たちが首を横に振る。

気まずい空気が流れる。

春日先輩は、冷たい目をして行ってしまった。


その日の帰りも、私は森先輩の家を訪ねた。

今日はひとりじゃない。マルちゃんや先輩たちも一緒。

ドアをあけた森先輩のお母さんが、人数の多さにおどろいて、私たちを家の中へ入れてくれた。

先輩の部屋のドアは、固くしまっていた。私はノックしてみる。

「先輩！」

ほかのみんなも「優花！」「先輩！」と声をかける。

「先輩、お願いします！　先輩にもどってきてほしいんです！」

中から返事はないけれど、私はかまわず語りかけた。

「私、バカだけど……初心者だけど……森先輩のおかげで部活動が楽しいって思えるようになりました。もっともっとうまくなりたいって思えるようになりました。だから、もどってきてください！」

すると、ドアのむこうから、森先輩の声が返ってきた。

「……帰って。もうこないでって言ったでしょ」

私たちはがっくりと肩を落とした。先輩の気持ちを変えるのは、もう無理かも——。

あきらめかけたそのとき、玄関のチャイムが鳴った。

ドタドタと廊下を踏み鳴らしてあらわれたのは、春日先輩だった。

部屋の前までくると、ドンドンドンと激しくドアをたたく。

「出てこい！　みんな、あんたを必要としてるのに、なんでそれがわかんないの！　出てこい！」

私たちはおどろいて、ドアをたたきつづける春日先輩を見つめた。

「約束したじゃんか。一年のとき、一緒に普門館に行くって約束したじゃんか。みんなで約束したじゃんかっ！」

春日先輩だって本当は、森先輩をメンバーから外したくなかったんだ。

でも、腱鞘炎の森先輩にこのまま演奏をつづけさせるわけにはいかない。森先輩のために、吹部全体のために、春日先輩はつらい決断をしたんだ。

「なんなの、あんたたち……いいかげんにしてよっ！」

ドア越しに、今にも泣きだしそうな森先輩の声が聞こえてきた。

「聞けよ。みんな、優花と行きたいんだよ!!」

「帰れっ！」

「帰るよ！」

「……帰りません」

気づいたら、私はそう言っていた。涙が止まらなくて、たぶん顔がぐしゃぐしゃになってる。

「帰りません。先輩、部活にきてください。先輩が普門館に行けるためとか、先輩が後悔しないようにじゃないです。ただ先輩にいてほしいんです。それだけなんです」

ほかの部員たちも「私も、優花がいないとさびしいよ」「優花と一緒にいたい」と口々に言いながら泣きだした。

それでも、森先輩は出てこなかった。

「……帰るよ。全員、泣きやんで」

春日先輩は、きゅっとくちびるをかみしめて、森先輩のお母さんに謝る。

「うるさくしてすみませんでした」

「優花には、いい仲間がいるんですね。ありがとうね」

春日先輩が深々と礼をすると、私たちも礼をし、家を出た。

外はすっかり夜になっていて、空には星がきらめいていた。

帰り道、春日先輩は決意をこめた声でみんなに言う。

「もうくるの、禁止。メンバーはもっとコンクールに集中して」

「はい」

私たちは、力いっぱい返事をする。

「金賞とって、優花を普門館に連れてくんだから」

「はい！」

今は私たちにも、春日先輩の気持ちが痛いほどよくわかる。

全国大会までにケガが治れば、森先輩は演奏できる。春日先輩はそう信じてるんだ。


北海道吹奏楽コンクール、当日。

この大会でゴールド金賞をとって北海道代表に選ばれれば、白翔高校吹奏楽部は全国大会へ進むことができる――。

控え室には、白翔の吹奏楽部員が全員、集合していた。

コンクールメンバーは、白翔伝統の真っ赤なブレザー姿。私には先輩たちがとてもまぶしく見えた。

杉村先生がみんなにむかって声を張りあげる。

「今までの練習を思いだして」

「はい！」

「落ち着いてふだんどおりやれば……」

そう言いかけて、杉村先生はドアのほうを見つめた。

杉村先生の視線の先を見ると――。

森先輩が立っていた！

「……心配かけてごめん。客席でちゃんと見届ける」

私たちはいっせいに、先輩のもとへかけよった。

「ほら、ぐずぐずしてる暇ないよ！　円陣組んで！」

杉村先生の口調は相変わらず厳しいけれど、表情はどことなくうれしそう。

私たちは全員で円陣を組んだ。

「いくよーっ。一心不乱！」

春日先輩のあとに、全員がつづく。

「一心不乱！」

そして、コンクールメンバー以外は、みんな客席にむかった。

私の隣に座ったのは、森先輩だった。

「つばさ。この前、ごめん。先輩としても、仲間としても言っちゃいけないこと言った。ごめん」

私は首を横に振る。

「言われてもしかたないです。本当のことだから。でも、それでも私、メンバー目指します。いつか、あのステージに立ちたいです」

先輩は、いつものようにやさしく笑って、力強くうなずく。

「あんたががんばってんのは知ってる。私がいちばん知ってるから」

私もうなずいた。先輩は、いつだって私を見てくれていた。トランペットの音の出し方もわからなかった私を、辛抱強く教えてくれたのは森先輩だ。

「ほら、始まるよ！」

とマルちゃんに言われて、私たちはステージに顔をむけた。

『八番、札幌地区代表、札幌白翔高等学校。課題曲Ⅲにつづきまして、自由曲はレスピーギ作曲、交響詩「ローマの祭り」より。指揮は杉村容子です』

私は汗ばむ両手を組んだ。

杉村先生が指揮棒を振り、白翔の演奏が始まった。

鳥肌が立った。

ほかの学校とは、最初の一音からぜんぜんちがう。

心配する必要なんてない。白翔ってやっぱりすごい！

でも、この会場に集まっているのは、白翔と同じくらい練習をしてきた吹奏楽部ばかりなんだ。

毎日を吹奏楽にかけているのは、私たちだけじゃないっていうことが、ほかの学校の演奏を聴いてるとよくわかる。

あっという間にすべての演奏が終了して、審査結果の発表が始まる。
『一番、帯広地区代表、帯広西高等学校――』
壇上で、司会者が結果を読みあげる。そのたびに、会場の中がどよめく。
歓声もあれば、落胆の声もある。

『八番、札幌地区代表、札幌白翔高等学校――』
森先輩が私の手をぎゅっとにぎりしめた。
大丈夫。白翔の演奏はすごかった。
負けるはず、ない。
『――銀賞』
会場内がざわつく。
まさか……銀賞？
私たちみんな、頭の中が真っ白になってしまい、声も出ない。
発表はつづいていく。

『九番、札幌地区代表、栄南大学付属高等学校。ゴールド金賞』

白翔のうしろに座席のある栄南の生徒たちが、歓声をあげて抱きあっている。


信じられなかった。

コンクールが北海道大会で終わってしまうなんて。

先輩たちがもう先に進めないなんて。

白翔が全国へ行けないなんて――。


会場を出ると、私たちは中庭に集合した。杉村先生が講評する。

「実力どおりの結果です。だれが審査委員でも、何回演奏しても、結果は同じでしょう」

みんな、泣かないように歯を食いしばり、先生の話に耳をかたむけた。

「けれどきみたちは、十分立派な演奏をしました。ごくろうさま」

すすり泣く声があちこちからもれた。

春日先輩が森先輩のもとへ行き、頭をさげる。

「全国へ行けなくて、連れていけなくてごめん。そんな演奏しかできなくてごめん」

「そのごめんはいらない。私には届いたから。だから、ごめんはいらない」

「優花……」

「ありがとう。春日」

三年生はみんな、春日先輩と森先輩のまわりに集まって泣いた。

私も涙が止まらない。鼻をぐすぐすさせていたら、先生に肩をつかまれた。

「泣くな。あんたたちは、まだなにも終わってない。だからちゃんと見届けなさい」

「はい」

私は泣くのを必死にこらえて、三年生たちを見つめた。

その姿を、しっかりと目に焼きつけるために。

朝、私は通学路に立って、大介くんを待っていた。

どうしても言っておきたいことがあったんだ。

しばらく立っていると、いつもの時間に、いつもの自転車がやってくる。

私は小さく手を振って、笑いかけた。


「大介くんが強くなりたいって言ってた意味、やっとわかった」

大介くんが自転車を押し、私たちはならんで歩く。

「私、すっごく甘かった。全国を目指すってことがどんなことかもわからずに〝普門館に行きたい〟なんて」

全国を目指す人たちはみんな、すべてを賭けて練習してきて。

あんなにがんばっていた先輩たちや野球部でも、全国に手が届かない。

中途半端な努力では、夢をつかむことなんてできないんだ。

「私も強くなるね。もっともっとブラバンがんばる。だから、これからも大介くんのこと、応援していいかな？」

「うん」

私、大介くんに教えてもらったことがいっぱいある。

夢にむかっていくこと。

強くなろうとがんばること。

「私、好きになったのが大介くんでよかった。はじめて失恋したのが大介くんで、本当によかった」

ちゃんと大介くんの目を見て伝えられて、ほっとした。

すると、大介くんが言った。

「……小野、握手しよう」

「えっ？　なんの？」

「そうだな。おんなじ場所を目指す、同志の握手」

大介くんが差しだした手を、私は力いっぱいにぎりかえした。

秋の空は、高くて、青くて。

たとえ完璧じゃなくても。

その決断が正しくなくても。
心揺れて、迷ったとしても。
それでも進むしかない。

あの空にたどり着きたいなら、進むしかないんだ。

三年目の試練

入学して三年目の春がきた。
吹奏楽部は二年連続で、北海道吹奏楽コンクール銀賞。
野球部は二年連続で、南北海道大会準優勝。
どちらも惜しいところで、全国への切符を逃していた。
お昼休み。春の日差しが、ぽかぽかあったかい。
私と陽万里ちゃんは、屋上でお弁当を食べていた。

「はぁ～。私ってなにになりたい人なんだろ。明日の進路相談、なんっにも決めてない！」

陽万里ちゃんがつぶやく。

「つばさは？　てか、つばさは吹部でそれどころじゃないか」

「うん。自分が人に教える立場になってるのとか、いまだに慣れてない。しかも、新入生みんなうまいから、逆にたいへん」

とくに瀬名くんっていう新入生は、ダントツにトランペットがうまくて。

私なんかが教えていいのかなって、いつも戸惑ってる。

部長になった水島くんも、瀬名くんには一目置いているみたい。

「大介とは？　最近話してる？」

「ううん。クラス別れちゃったし。野球部でも忙しそうだしね」

「大介なんて今やキャプテンだもんねー。ま、城戸がエースピッチャーっていうのは納得いかないけど。人は見かけによらないっつーか」

大介くん率いる野球部は、今年こそ甲子園に出場しようと意気込んでいる。

城戸くんと大介くんのバッテリーは安定していて、打撃陣も好調。

みんな、今年のチームなら勝ちぬけるんじゃないかと期待してる。

「今年こそ、行けるといいね。甲子園」

「うん」

今年こそ、全国へ行きたい。

その思いは、野球部も吹奏楽部も同じだ。


その日の部活の時間、杉村先生から発表があった。

「例年より早いですが、今年のコンクールの演奏曲を決めました」

とつぜんだったので、みんなはおどろく。

「課題曲は、『ブルースカイ』。シンプルだからこそ、基礎力とプレイヤー全員の連帯感が問われる曲です」

『ブルースカイ』は、タイトルどおり青い空を思わせる、さわやかなマーチ。

聞いているうちに、自然と明るい気分になってくる曲。

「そして自由曲。きみたちもよく知っている曲です。二十年前、白翔がはじめて全国大会に出場して一金をとった曲――『ベルキス』をやります」

音楽室がざわめいた。

『シバの女王ベルキス』は、重厚で華やかな曲。もちろん難易度も高い。

二十年前に白翔吹奏楽部はこの曲を選び、満点に近い完璧な演奏をして、「全国の高校生の模範となる演奏」と評価されたんだそう。

この曲をやる以上、失敗は許されないんだ。

杉村先生の表情は、いつも以上に真剣だった。

「この二曲で、今年こそ絶対に普門館に行く。そのために練習内容を一新して、コンクールに挑みます。水島!」

「はい!」

「昨日話したメニュー、部長のあなたから各パートに説明しといて」

「はい!」

休憩時間になってから、私は水島くんのところへ行った。

私はもう、水島くんのことをこわがったりしていない。二年間も一緒に部活をつづけて、私たちはお互いに信頼を築いてきた。今はもう立派な仲間だった。

「はじめてだね。杉村先生があんなこと言うの」

水島くんがうなずいた。

「『ベルキス』は白翔を象徴する曲で、これで全国を逃すなんてありえない。先生はそれをあえて選んだんだ。ぼくらも同じ覚悟で臨みたい」

「うん」

覚悟。

私はその言葉をかみしめた。

グラウンドでは、今日も野球部が練習をしている。

城戸はこの二年でじょじょにスタミナをつけ、コントロールもよくなった。

城戸の投げたボールは、スパンッと小気味いい音を響かせ、大介のミットに収まる。

「お、いい球！」

「どうよ、俺のシンカー。ま、キャッチできんの、おまえくらいだけどな」

すると、今年入部したばかりの女子マネージャー、澤あかねがぼそっとつっこむ。

「やっぱり性格曲がってると、球もよく曲がりますね」

「おい！」

城戸がすかさずつっこみかえす。

澤は不愛想だったが、野球のことに関しては人一倍真剣だ。仕事をてきぱきとこなし、マネージャーとしてはとても優秀だった。

城戸と澤のやりとりを聞いて、大介は笑った。

そんな大介のことを、澤はまぶしそうに見つめた。

演奏曲の発表があって以来、杉村先生の指導は以前にもまして細かくなっていった。

「出だしもっと小さく！　最後のフォルテにつながるように。トランペット、主旋律はもっと歌って。力強く！」

トランペットパートが注意されて、演奏が止められる。

やりなおしだ。

「遅い！　トランペット、そろってない！」

またトランペットのせいで、演奏を止められた。

「ストップ！　もう一回!!」

トロンボーンとか、ホルンとか、ユーフォニアムとか……私たち金管楽器はみんな調子があがらなくて。

クラリネットやフルート、サックス、オーボエなどの木管楽器メンバーが、不満そうに金管パートをにらんだ。

そしてとうとう、私たちは公園に呼びだされてしまった。

呼びだしたのは、木管パートの部員たち。

「あのさ、ちょっと金管情けなくない？　正直、うちら木管の足ひっぱってるよね？　特にトランペット。クラより前出られてないとか、恥ずかしくないの？」

トランペットは、本当なら金管楽器の中でいちばん派手な音を出せる楽器。やわらかい音色のクラリネットよりは、目立つはずだった。

「今のままでいいとは思ってない」

水島くんが答えると、クラリネットのパートリーダー、三石さんが怒りだす。

「じゃあやって。白翔のレベルさげてるの、金管だから！」

そう言われてもしかたないのかも……。

今の金管パートは、満足いく演奏ができていない、と水島くんは言っていた。

中でもトランペットは、音量も足りていないし、粒もそろっていない、って。

「金管のせいで、うちらの代だけ三年連続で金逃すとか、ほんとありえないからっ！」

三石さんに責められて、水島くんはくやしそうだった。

そんなことがあったせいか、パート練習の水島くんはすごく厳しかった。

「瀬名、ちがう！　何回言ったらわかるの？」

瀬名くんには水島くんも期待をしていて、だからこそ指導も厳しくなるんだろうけど。

「瀬名、先週から同じことずっと言ってるよね？　なんで直せないの？」

「す、すみません」

あまりの厳しさに、私たちは顔を見合わせる。

「もういい。個人練習してきて」

「……はい」

瀬名くんはがっくり肩を落として部屋を出て行った。

重苦しい空気をどうにかしたくて、私は水島くんに言ってみる。

「あのさ、瀬名くんのこと、追いつめすぎじゃない？　まだ一年なんだし、もう少し――」

「コンクールの審査員は、学年なんて考慮してくれないよ。てか、小野さんも人のこと心配してる場合じゃないでしょ。木管になんて言われたか覚えてる？」

水島くんは部長として、吹部全体のレベルを落とさないように、まとめなければいけない立場。コンクールで勝つために厳しくなってしまうのは、しかたがない。

だとしたら、私ができることはなんだろう……。

私は、パート練習が終わってから、瀬名くんがひとりでトランペットを吹いている部屋へ行った。瀬名くんはわかりやすく落ちこんでいた。

「一緒に練習していい？」

「はい！」

うれしそうな返事が返ってきた。

ほっとして椅子に座ると、上履きのニコちゃんマークが目に入った。

この上履きを、私はまだたまに使っていた。何度も洗ったから消えかかってるけど、大介くんが描いてくれたマークは、いまでもニコニコ笑っている。

部活の後、私の足は自然とグラウンドにむいていた。

薄暗い中で、まだ野球部は練習している。

その中に大介くんの姿を見つけたけど、ものすごく真剣に練習をしてたから、とても声をかけられる雰囲気じゃなくて。

立ち止まって眺めていたら、マネージャーの子に声をかけられた。

たしか、澤さん……っていう名前。城戸くんがそう言っていた。

「大介先輩になんか用ですか？」

なんだか迷惑そうな顔をされてしまった。こんな時間に練習を見てたから、あやしがられたのかも。

「あ……いえ」

私はそそくさと立ち去った。

澤さんの視線を、背中に感じながら。

来週から、いよいよホールでの練習が始まる。

杉村先生が音楽室に入ってくると、部員たちはしんと静まった。

「ホール練習のメンバーを発表します」

だれもがみんな、メンバーの座を勝ちとりたいと思っている。

初心者で吹奏楽部に入った私だって、その気持ちは同じだ。

「トランペット。水島、高橋、梅津、栗井、池田――」

私は思わず息を止めて、つぎに読みあげられる名前を待った。

「瀬名。以上でいきます。次、ホルン。橘、吉野、三浦、斉藤――」


私じゃ、なかった……。

一年生たちが瀬名くんと一緒に喜んでいる。

私、一年生にメンバーを取られてしまったんだ。

今年が、私にとって最後のコンクールなのに。

練習が終わり、後片づけが始まっても、私のショックは消えなかった。

水島くんとマウスピースを洗っていると、瀬名くんがやってきた。

「先輩にいろいろ教えてもらったおかげです！　本当にありがとうございます！」

「あ……うん。おめでとう」

瀬名くん、うれしそう。

私の練習が足りなかったんだ。甘かったんだ。もっとがんばらなくちゃいけなかったんだ。

水島くんがチラッと私のほうを見たので、少しだけ笑ってみせた。本当は笑いたくなんかないけど。

それから、トランペットをケースにしまって、帰り支度をする。

とぼとぼと廊下を歩いていると、血相を変えた野球部員たちが校舎にかけこんできた。

なにかあったのかな？

その中にいた城戸くんが、私にむかってさけんだ。

「小野さん!!」

「どうしたの？」

「大介がケガした。ちょっとやばいかも……」

……大介くんが……？

「紅白戦で後輩に足つっこまれて。まだちょっと状況わかんねーんだけど、自力で歩けないぐらいだったから……」

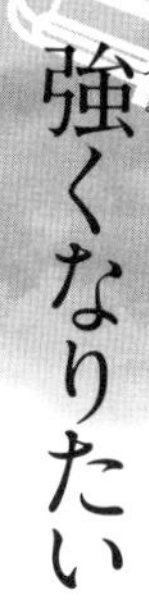

強くなりたい

私はバスに乗って病院へむかった。
汗ばむ手でケータイを握り、大介くんからきたメールを何度も読みかえす。
『城戸、おおげさ！』
『野幌総合医療センターにいる！』
『でも、たいしたことないから心配すんな！』
そんな言葉がならんでいるけれど、どれも強がりに決まってる。
きっとくやしくて、かなしくて、つらいはず。大介くんの気持ちを想像すると、胸が苦しくなる。

バスを降りると、私は息を切らして病院にとびこみ、リハビリ室をのぞいた。

足にギプスを巻いた大介くんが見えた。

大介くんは歩行練習用の平行棒につかまり、歯を食いしばって立っている。

こんなにつらそうな大介くんを見るのははじめてで、声をかけられない。

「……小野？」

私に気づいた大介くんが、体のむきを変えようとして、ふらっとよろめいた。

「大介くん、あぶない……！」

とっさに私はかけよって、倒れないように体を支える。

抱きついてきた大介くんの腕に、ぎゅっと力が入った。

その大きな体から、つらさが伝わってくる。

私たちはどうにか体勢を立て直して、マットの上に座った。

「……ごめんな。なんか、きてほしそうだったよな、俺のメール」

「くるよ！　いつでも！」

「ダメだって。小野もがんばってメンバーに入るんだろ？」

「……うん」

ホールメンバーに入れなかったこと、今は言えない。

よけいな心配をかけたくないから。

大介くんには、ケガを治すことを第一に考えてほしいから。

「俺も早く野球やりてーっ！　……ってせっかちすぎるか。ハハ」

そんなに強がらなくていいのに。弱音をはいてもいいのに。

私がもっと強くなれば、大介くんを支えられるのに。

「大丈夫。大介くんだったら、すぐに部活に復帰できるよ」

「……サンキュ。きてくれてありがとな。もう遅いし、帰んないと」

「うん。またくるね」

むりやり笑顔を作る大介くんに手を振って、私はリハビリ室を出る。

すると、廊下の暗がりにだれかの気配を感じた。

「大介先輩の邪魔、しないでください」

澤さん？

私はそのままロビーへ連れていかれた。

「ケガで弱ってるときに、てきとうな気休め言ったりしないで。先輩のことが好きなんだったら、そっとしてあげてください」

そう言って立ち去ろうとする澤さんの腕を、私はつかんだ。

「ちょっと待って！　なんか誤解してる。私、もうとっくにフラれてるから」

澤さんはおどろいたような顔で振りかえる。

「でも、フラれる前より、もっと応援したいって思ってる。友達としてはげますのもダメかな？」

「……友達だったら、なおさらほっといてください」

澤さんはそう言い捨てて、リハビリ室のあるほうへ早足で行ってしまった。

次の日の休み時間。

城戸くんは沈んだ声で言った。

「もしかしたら大介、夏には間に合わないかも。あいつ、口では強がってるけど、足首やっちゃってるから、けっこうやべーんだ……」

私と陽万里ちゃんは、だまりこんでしまった。

ここまでがんばってきて、やっと夢に手が届きそうになったところで、いまさらその夢を打ち砕かれるなんて。

ひたすら野球に打ちこんできた大介くんを知っているからこそ、言葉が出てこない。

「……俺、自分が情けねーよ」

いつもは明るい城戸くんが、思いつめたような顔をする。

「俺、ほんとはこわかったんだ。本気出してダメだったらどうしようって、いっつも心のどこかで逃げ道作って……。必死にがんばってるあいつの隣にいて、俺なにやってたんだろって」

「そんなことない！」

陽万里ちゃんは、きっぱり否定した。

「私なんか、中学で部活つらくて、もうやだって思って投げだしたから。高校になってがんばってる大介やつばさを見て、陰ながらでも応援したいと思ってたんだ。もちろん城戸のこともだよ」

私は感謝の気持ちで胸がいっぱいになった。

陽万里ちゃんがつぶやく。

「ねえ。大介のために、なんかできることないのかな？」

大介くんのためにできること。

私は――。

「――私、強くなりたい。大介くんが弱音はけるくらい、もっともっと強くなりたい」

私はもっと強くなりたかった。

トランペットだって、もっとうまくなりたい。

だから音楽準備室に行って、杉村先生に相談した。

「どうしたら、もっとうまくなれますか？」

杉村先生は、ちょっとおどろいたみたいだった。でも、丁寧にアドバイスしてくれる。

「練習はみんな同じだよね。あとは内容。考える、集中する、言われたことの意味を考える。上達には近道はあるけど、近道イコール楽な道じゃない」


先生は特別メニューを作ってくれた。

早朝は公園でロングトーンの練習。

休み時間ごとに音楽室に行き、先生のマンツーマン指導を受ける。

短い時間でも集中して、注意されたことはぜんぶ楽譜に書きこんでいく。

「ちがう！ そこはなんて書いてあるの？」

「フェルマータです」

「吹けてない。もう一度」

「はい！」

怒られるとやっぱりへこむけど、大介くんはもっとがんばってる。

そう思って、私は厳しいメニューを毎日こなしていった。

野球部が練習しているグラウンドを、大介はベンチからじっと見つめていた。

自分だけ参加できないことが歯がゆい。

来月には地区予選が始まるというのに、こんな時期にケガをしてなにもできなくなってしまった自分が情けなかった。

「大介先輩！」

かけよってきた澤に、大介はノートを渡す。

「これ、トレーニングメニュー」

「わかりました。こっちのことは心配しないで、リハビリに専念してください」

「おう」

グラウンドをむき、やるせない気持ちをぐっと抑える。

「……大介先輩。先輩には私たちマネージャーがついてるから」

大介は笑ってうなずいた。

「ありがとな」

そのとき、校舎から吹奏楽部の練習する音が聞こえ、大介がそちらに目をむける。

澤の心はきゅっと苦しくなった。

吹奏楽部にはあの人がいる。だからそっちを見てほしくないのに――。


野球部の練習を最後まで見終えた大介は、松葉づえをついて校舎へもどった。

昇降口で、むこうからやってきた水島と目が合う。

「あ……」

つばさのことをたずねようとすると、水島はむすっとした表情で立ち止まる。

「小野さんなら、まだ奥の教室にいるよ」

大介が耳を澄ますと、奥の教室からトランペットの音が聞こえてきた。

水島くんって、不愛想だけど悪いやつじゃないみたいだなと、大介は思った。

「……ありがとう」

大介が笑いかけると、水島は教室のあるほうを振りかえる。

「正直、なんでまだがんばれんの、って思う。三年間、初心者からがんばってきて、それでも一年にメンバーの座を奪われて。なんで心が折れないいんだろうって」

それだけ言うと、水島は行ってしまった。

大介は松葉づえをつきながら、少しずつ廊下を進む。薄暗い教室をのぞくと、ひとり残って必死に練習をしているつばさがいた。

その姿を見て、大介は胸がいっぱいになった。

俺、甲子園に行ったら小野に言おうと思ってることがあるんだよ。

でも、今のままじゃ甲子園になんて――。

先生が作ってくれた特別メニュー練習を始めて、しばらく経ったある日。
いつものように練習前のミーティングを終えようとしたとき、三石さんがとつぜん立ち

あがった。

「最近の小野さんについて意見があります」

自分の名前が出てきて、私は思わずびくっと身をすくめてしまう。

すると、木管パートのメンバーが、つぎつぎに意見を言いだした。

「小野さんが、先生にずっとつきっきりで練習を見てもらったり、下校時間が過ぎても音楽室を利用してることに対して、不公平だって声が出てます」

「小野さんは、それに対してどう思ってますか？」

「えっ？　あ、あの……」

思いがけない攻撃を受けて、私はしどろもどろになる。

私、ただうまくなりたかっただけだよ。

メンバーを取られたのは、自分の実力不足のせいだと思ってるから。

それで、先生に相談して、人よりもたくさん練習したんだ。

ただそれだけなのに。

「なんだよ、それ」

そう割って入ったのは、水島くんだった。

「そんなくだらないこと言ってる部員って、だれ？」

三石さんが興奮ぎみに声をあげる。

「だって本当のことじゃない」

「それ話しあって、演奏がよくなるわけ？」

水島くんの剣幕に、マルちゃんがあわてる。

「やめようよ、水島。ケンカになるよ」

「もうなってるよ！」

音楽室は、しんと静まりかえった。

「バカバカしい。行くよ」

「ちょっと、水島！」

マルちゃんが追いかけていき、私も音楽室を出た。

日が落ちた音楽室で、水島は『一心不乱』の旗を見あげる。

足音が近づいてきて振りかえると、杉村がそこにいた。

「先生。やっぱり僕には部長は無理です。部をまとめる力はありません」

杉村はそっと水島の隣にやってくる。

「この言葉の意味、ちゃんと考えたことある？」

「いえ……」

「心を乱さず、ひとつに。この旗はさ、ずっと昔、全国常連校だったウチが、ある年に銀賞で全国を逃した、そのときのメンバーが作ったものなんだ——」

自分たちの夢に恥じない努力をしただろうか。

自分たちの心に油断はなかったか。

先輩や後輩に、自分たちはすべてを賭けたと、どんな結果に対しても言えるだろうか。

「そんな想いをこめて、この旗を作ったんだ」

「それって、もしかして……」

「そう。私の代だよ」

水島は、杉村の口からはじめて語られる話におどろいてしまった。

「水島。部長だけが部をまとめてるわけじゃない。思いはみんな同等。そうじゃなきゃ、いい吹部とは言えない」

「はい」

そのとき、教頭が音楽室に入ってきた。

「あれ、杉村先生。まだいらっしゃったんですか」

見回りをしているのか、水島がいるのに気づくと、「はぁー……」とわざとらしくため息をつく。

「生徒には下校時間を守らせていただかないと。保護者からも最近、生徒の帰宅時間が遅いってクレームがきてますよ。それだけやって結果が出ないと、ついていく生徒がかわいそうでしかたがない」

「……かわいそうじゃありません」

水島が力強く言いかえす。

「ぼくらは、かわいそうじゃありません！」

水島ににらまれ、教頭はわずかにひるむ。

「ま、生徒を振りまわすのもほどほどにしてくださいね」

教頭はそう言い捨てて去っていく。

遠くで鳴る雷の音が、音楽室に聞こえてきた。


♪


私が校舎を出るころには、雨が激しくなっていた。

ふと見ると、ジャージ姿の澤さんが全身ずぶ濡れのまま立っている。

「小野先輩には伝えておこうと思って……」

澤さんは苦しそうに話しだす。

「今日、病院で、大介先輩の足が思ったより経過がよくないって言われて。夏までに復帰できる可能性はゼロに近いって」

ゼロなんて、そんな……。

私は、雨のふりしきる外へ飛びだした。

グラウンドに、大介くんはひとりぽつんと立っていた。

「大介くん！」

ネット越しにそうさけぶと、大介くんは、雨粒の打ちつけるホームベースからゆっくりと目をあげる。

悲しそうな瞳が、私の胸に突き刺さる。

「ごめん……やっぱ俺、小野との約束、守れねー……」

かける言葉が見つからない。

「……ごめん」

私、なにを言ったらいいんだろう。

なにをしたらいいんだろう――。

次の日は、昨日の雨が嘘のように晴れていた。でも私の気持ちは、空のようには晴れていなくて。

久しぶりに、トロフィーのならぶコーナーに足を運んでみる。

入学式の日、ここで大介くんに出会ったんだ。

そして甲子園に行こうって約束した。

それなのに……。

「なーに暗い顔してんの？」

聞き覚えのある声がして振りむくと、

「森先輩！」

「コンクールの指導、杉村先生から手伝えってたのまれてさ」

メイクをして私服姿の森先輩は、すごく大人っぽい。

私たちは、よく一緒に練習していた屋上に行った。

「あのつばさが先輩かぁ。応援したいですって入部してきたあんたがね。なつかしいねー」

森先輩は大人っぽくなったけど、笑顔はあのころと変わらない。

「でも、つばさがちゃんとつづけててよかった」

私は、森先輩が腱鞘炎でメンバーからはずされたことを思いだし、つい先輩の手を見つめてしまった。

先輩はそれに気づいて、手をグーパーして見せる。

「私もつづけてるよ。今、大学で吹いてんの」

「……先輩。ケガってつらかったですか？」

「当たり前じゃん。あのときは、ケガの痛みよりも心のほうがもたなくなった。自分を責めたし。不安で押しつぶされそうで」

「先輩はどうしてがんばれたんですか？」

「なに言ってんの。あんたらがいたからじゃん！」

先輩が、私を見てほほえむ。

「あのときつばさが励ましてくれたから、私は今でもつづけられてるんだよ」

「先輩……」

「だれかを励ましつづけるのって、自分ががんばりつづけるのと同じくらいたいへんなんだよ。でも、だからこそだれかのエールは、人に力を与えることができるんじゃないのかな」

先輩のひとことひとことが、胸にしみた。

私、大介くんのために、まだやれることがあるはずだ。

日曜日。休日練習が始まる前に、私は住吉神社にお参りに行き、絵馬を書く。

『大介くんのケガが早く治りますように　つばさ』

かがんでそう書いて、絵馬をかける。

ふと視線を動かすと、私が一年生のときに『目指せ、普門館！』と書いた絵馬を見つけた。

あの日はお祭りで、大介くんと一緒に、ここへきたんだった。

まだ大介くんにフラれる前。

たった二年前のことなのに、なんだかすごく昔のような気がする。

なつかしくなって絵馬に手をのばしたそのとき、私は見覚えのある文字を見つけた。

『小野を甲子園に連れて行く！　1年山田』

これって……あのときは見せてくれなかった、大介くんの絵馬。

隣にも、同じような絵馬がならんでいる。

『小野を甲子園に連れて行く！　2年山田』

『小野を甲子園に連れて行く！　3年山田』


大介くんは毎年ここで、同じ願いをかけてたんだ。

おっきな手でペンをにぎって、おっきな背中を丸めて、これを書いたんだ。

私は泣きそうになった。

そして、走りだした。


私は音楽室へ飛びこんだ。少し遅刻してしまって、三石さんに怒られる。

「小野さん、遅い！　時間厳守して！」

私はみんなにむかって頭をさげた。

「みなさんにお願いがあります！」

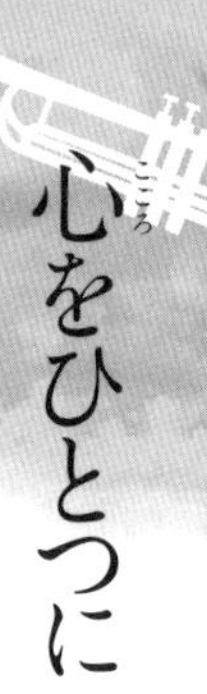

心をひとつに

病院のリハビリ室。

大介は汗だくになって歩行練習をつづけていた。

復帰したい一心でリハビリをするものの、一度固まってしまった筋肉はそうかんたんにはもどらなかった。

バランスを失って転んでしまうが、なかなか起きあがれない。

ちきしょう……。

うなだれていた大介が顔をあげると、入り口に城戸が立っている。

「なんだよ。きてんなら声かけろよ。練習は？」

「終わった」

「そっか……。あ、そうだ」

大介はバッグの中をがさごそ探してノートを取りだし、城戸に渡す。部員全員のフォームやコンディションをチェックして、詳細を記したメモだった。

城戸はその中身を読んで、声をつまらせる。

「……これって」

「澤に撮ってもらったビデオを見たんだけどさ、おまえウェイトやりすぎでフォームくずれてるから、筋トレ量を変えたほうがいいと思うんだ。あとさ、中島、スウィングんとき体がひらき気味だから、もうちょっと――」

「無理すんなって」

城戸がそう言うと、大介は口をつぐんで目をふせた。

「今はキャプテンじゃなくていいんだよ」

「……絶対、もどるから」

「だから！　そうじゃなくて！　……俺といるときくらい、弱音はけよ。今、俺はピッチャーじゃなくて、おまえの友達なんだよ」

しかし、ノートに目を落とした大介はつぶやく。

「……俺のせいで甲子園逃して……キャプテンに選ばれてもこんなありさまで……。なにも、なにも期待に応えられなくて……」

「まだ終わってねーよ！」

大介はくやしさのあまり、奥歯をかみしめる。

涙がこぼれそうだった。

するとそこへ、陽万里があらわれる。

「大介、ちょっときて！」

陽万里と城戸に支えられながら、大介は屋上のテラスに出た。

中庭を見ると、そこには吹奏楽部の部員たちが楽器を手にならんでいる。

その中にはつばさの姿も見えた。

「大介に聴かせたいんだって」

陽万里が、中庭にいるつばさに合図をおくる。

つばさはうなずき、吹奏楽部の部員たちが楽器をかまえる。


『ブルースカイ』の演奏が始まった。


晴れ晴れしくのびやかなマーチが、青い空に飛んでいく。

演奏を聞きつけて、いろんな病室からパジャマ姿の人たちが顔を出した。

あの日、私は吹奏楽部のみんなにお願いした。
「野球部の友達で、ケガをしてしまった人がいて。すごく一生懸命やってた人なんです。そう
ケガしてても笑ってて、だけど絶対つらいと思うし、負けそうになると思うんです。そう

いうとき、みんなの演奏を聴けば、元気になると思うんです！」

もちろん、すぐにみんなが協力してくれるなんて思ってはいなかった。コンクールの練習が最優先だから。

それでも私は、頭をさげずにはいられなかったんだ。

「だからお願いします！　みんなの力を貸してください！」

三石さんたち木管パートの人は、すごく嫌な顔をした。

「なんでそんなことしなきゃいけないわけ？」

「てか、そんなことしてるヒマ、うちらにないでしょ」

「吹部をなんだと思ってんの？　あんたのワガママにみんなを巻きこまないでよ」

気まずい雰囲気になる中、ひとりが声をあげた。

「俺は吹くよ」

水島くんだった。

「だから、みんなもやらないか」

水島くんは、本当に真剣に、みんなに言ってくれた。

「音楽でだれかの心を動かす。力を与える。そういう白翔の吹部を、もう一度みんなで目指したい。だから……俺からもお願いします」

深く頭をさげる水島くんを見て、私も誠心誠意お願いする。

「私、子どものころに見た、白翔の応援にあこがれて入りました。はじめは吹けるだけで、ただ音が出ただけで楽しかった――」

失敗するのがこわくて、吹きマネをした日もあった。

みんなに追いつけなくて、泣いてしまった日もあった。

「――でも気づいたんです。吹奏楽は、ひとりでどうにかしようとしたってダメなんだって。すべての楽器が心をひとつにして、みんなの音が合わさって、それがだれかの心に飛んでいくんだって。……だからお願いします！」

みんなはだまりこんで、おたがいの顔色をうかがっている。

すると、杉村先生が立ちあがった。

「たったひとり励ますのに、なにを躊躇してるの？　そんなんじゃ全国に行って演奏したって、だれの心にも響かないよ」

私と水島くんは、顔を見合わせて小さくうなずいた。

病院での演奏に協力してくれたのは、吹奏楽部員だけじゃなくて。

中庭で演奏ができるように、病院の事務長や看護師長にかけあってくれたのは、陽万里ちゃんだ。

みんなが自分のできることを精一杯やって、この演奏が実現した。

だからきっと、大介くんの心にも届くよね？

最後の一音が終わると、まわりじゅうから拍手が巻き起こった。

楽器をおろした吹部のみんなは、ぱっと笑顔になって、「出来、よかったよね！」とか
「すごい」とか、口々に言いあっている。

私は、屋上にいる大介くんにむかってさけんだ。

「大介くん！　私にも見えたよ！　甲子園の空！　大介くんのうしろに！」

大介くん、泣いてるみたいだった。

泣いてもいいよ。つらいことがあったら言ってよ。

私、信じてるから。

「私はスタンドにいる！　大介くんが立ってる！　きっともどれるよ、グラウンドに！」

大介くんが信じてくれたように、私も大介くんを信じてるよ。


病院からの帰り道、吹部のみんなはなんだか興奮していた。

金管の子も木管の子も、今は混ざりあって和気あいあいとおしゃべりをしている。

「気持ち、そろってたね」

「ね！　今まででいちばん良かったかも」

「やっぱ外で合奏すんの、気持ちいいね」

「てかさ、吹奏楽ってもともと外で吹くものって知ってた？」

「えっ？　そうなの？」

みんなのおしゃべりを聞きながら、私はいちばんうしろをついていった。

そのとき、ケータイにメールがきて。

『届いた。ありがとう』

大介くんからのメールだった。

私はぎゅっとケータイをにぎりしめ、病院のほうを振りかえった。

そして、心の中でつぶやく。

がんばれ――。

次の日、休み時間に音楽室のドアをあけたら、部員でいっぱいだった。

金管メンバーだけじゃなく、木管の子たちも。三石さんもいる！

ど、どういうこと……？

「小野ひとりじゃズルいから、全員、自主練させろって」

杉村先生がやれやれといった顔をする。

私がおどろいていると、三石さんと目が合う。

思わずほほえんだら、三石さんも笑いかえしてくれた。

七月。

大介がグラウンドにもどってきた。

「キャプテン！」

大介の姿に気づいた野球部員たちが、つぎつぎとかけよる。

ギプスのとれた大介を見て、澤は声をつまらせた。

「よかった……」

泣き出してしまった澤に、大介は笑いかける。

「泣くことねーだろ。まあ、まだ百パーセントじゃないし、間に合わねーかもしんないけど、ここからまた一緒に戦うから」

そして、大声でさけんだ。

「行くぞ、甲子園！」

「うす！」

部員たちも思いきりさけぶ。

空には夏雲が浮かんでいる。

南北海道大会が間もなく始まろうとしていた。

音楽室に、張りつめた空気が流れていた。

これからコンクールメンバーが発表される。何度経験しても、この瞬間は心臓がやぶれそうなほどドキドキする。

杉村先生が、名前を読みあげていく。

「トランペット。水島、高橋、栗井、梅津――」

呼ばれた人たちが「はい！」と大きな返事をしていく中で、

「小野！」

自分の名前を呼ばれたことが信じられなくて、私はかたまってしまった。

「小野、返事は！」

「は、はい！」

私、メンバーに選ばれたんだ……。

うれしさがじわじわこみあげてくる。

「以上。今年はこのメンバーでコンクールに挑みます。奇跡は起こらない。まぐれもない。でも、練習は裏切らない。白翔の誇り、見せつけましょう」

「はい！」

私たちは、新たな気持ちで円陣を組んだ。

壁にかかった『一心不乱』の旗が、まるで私たちを見守ってくれているみたいだった。

水島くんが旗を見あげる。

「先輩の残してくれた白翔の旗を、今年こそは全国へ連れて行こう。小野さん、お願い」

私はうなずき、深呼吸をした。

「一心不乱！」

みんなの声がそれに応える。

「一心不乱！」

本当に、みんなの心がひとつになった。

そして、その気持ちのまま練習にとりかかる。みんなの表情は、いつも以上に引き締まっていた。

私も、メンバーになれたからってうかれてる場合じゃないんだ。

部活は今年で最後。本番で力を出しきれるように、もっとがんばろう。

楽譜を用意していると、水島くんが話しかけてきた。

「……ありがとう」

えっ？

思ってもみなかったことを言われて、私はびっくりしてしまった。

「小野さんが同じ学年のトランペットでよかった」

すごくうれしかった。

水島くんは、絶対にお世辞を言わないし、嘘もつかない人だから。

「うん。私も。水島くんと一緒にできて、ホントによかった」

杉村先生が指揮棒を振りあげる。

「じゃあ行くよ。課題曲、頭から！」

みんなはいっせいに楽器をかまえた。

南北海道大会の決勝戦前日――。

つばさは、必勝祈願のお守りを手に、廊下を歩いていた。

するとうしろから陽万里の声がする。

「つばさーっ！」

振りかえると、チアのユニフォームを着た陽万里が、チアリーディング部員と一緒に立っていた。

「陽万里ちゃん！　なんでそれ着てるの？」

「全校応援のとき、メンバー足りないからってさそわれてさ。てか、ほんとはつばさを見てて、私も応援したくなった」

「いいね！　陽万里ちゃんのチア！」

つばさと陽万里は、むかいあってくすくす笑う。

決戦を明日に控えて、ふたりともなんだか妙なテンションだった。


グラウンドまでやってきたつばさは、練習に参加する大介をまぶしそうに眺めた。

ケガをしたほうの足はかばっているけれど、すでに以前の感覚は取りもどしているようだった。

つばさは、澤の姿を見つけて走りよる。

「澤さん。これ、大介くんに渡してくれないかな」

必勝祈願のお守りを差しだすと、澤は困惑した顔をした。

「……自分で渡さないんですか？」

「うん。邪魔したくないんだ」

澤は「わかりました」とうなずいて、お守りを受けとる。

「ありがとう」

お辞儀をして立ち去ろうとしたつばさに、澤はさけんだ。

「明日、応援よろしくお願いします！」

つばさも笑顔で答える。

「精一杯、やらせていただきます！」


練習が終わるのを待って、澤は大介にお守りを手渡した。

「小野先輩が渡してくれって。練習の邪魔したくないって」

「そっか。ありがとう」

大介のうれしそうな顔を見た澤は、背中に隠した手をぎゅっとにぎりしめる。

その手の中に入っているのは、澤が大介のために用意したお守りだった。

夢に見た青空

南北海道大会、決勝戦。

対戦相手は、二年前に決勝で負けてしまった、青雲第一高校。

あのときの試合を思いだすと、やっぱり少し不安になる。

「つばさ！」

声のするほうを見ると、チア姿の陽万里ちゃんがぶんぶん手を振っていて、私も振りかえす。

応援席にいる野球部一年生と吹奏楽部は立ちあがり、お互いに礼をした。

「今日一日、応援、よろしくお願いしますっ！」

「よろしくお願いしますっ！」


試合開始のサイレンが、球場に鳴り響いた。

白翔は後攻だから、一回表は守備。

ピッチャーの城戸くんがマウンドにあがった。でも、大介くんはいない。

「キャッチャー、あの人じゃないんだね」

白翔のスターティングメンバーを見て、水島くんがつぶやいた。

「うん。一年生の子が出てる。でも、大介くんも一緒に戦ってるよ」

一回表は、城戸くんのピッチングがすごく良くて、すぐにスリーアウトを取った。

つぎは白翔の攻撃。私たち吹部の出番だ。

「みんな、行くよ！」

水島くんの合図で、吹部が全員立ちあがる。

「はい！」

がんばれ。負けないで。大丈夫って信じてる――。

そう思いながら、私はトランペットを吹く。

でも、青雲だってそうかんたんには点を取らせてくれない。白翔は0点のままで、一回裏が終わってしまった。

吹部のみんながうなだれるのを見て、つい声に力が入ってしまう。

「がっかりした顔しない！　応援にきてるんだよ。みんな顔あげて！」

「はい！」

隣にいた水島くんが、不思議そうに私を見た。

「小野さんてさ、応援になると人が変わったみたいになるよね」

「うん。がんばってるのを見ると、自分も一生懸命応援したくなる。うまく言えないけど、でも、この言葉にできない気持ちも、音楽にはこめられるから。この音が力になって伝わればいいなって」

水島くんがうなずいた。

水島くんも音楽の力を信じてる人。私の気持ち、わかってくれたんだと思う。

白翔も青雲も、力は同じくらい。激しい試合。0対0のまま、九回表。

白翔は、ついに一点を取られてしまった。

城戸くん、ずっと投げっぱなしだったからつかれてきたんだ。

大丈夫だよ。取りかえせる。がんばって――。

私はそう祈りながら、グラウンドを見つめた。


すると、アナウンスが流れた。

『白翔高校のキャッチャー、神崎くんに代わりまして、山田くん。二番、キャッチャー、山田くん』

大介くん……!!

私は思わず両手をにぎりしめた。

グラウンドに出てきた大介くんは、堂々として、いつもより大きく見えた。

白いユニフォーム姿を見ただけで、私はもう泣きそうになってしまう。

守備についている選手たちにむかって、大介くんがさけぶ。

「締まっていくぞーっ!!」

「オオオーッ!!」

大介くんがミットをかまえると、城戸くんも調子を取りもどした。相手のバッターはヒットを打てず、どうにか一失点のまま九回の裏になった。

これが白翔、最後の攻撃。

私は立ちあがり、みんなに声をかけた。

「白翔の番だよ!」

「はい!」

ベンチ前で円陣を組み、大介は全員に気合を入れる。
「一点で同点。二点でサヨナラ。取りかえすぞ!」

「オーッ！」

大介がベンチにもどると、城戸が隣にやってきて、

「遅ーよ！」

ニヤッと笑った。

「わりぃ。待たせた」

城戸のメガネの奥の目に、じわっと涙が浮かんでくる。待たせやがって。心配させやがって。だけどいちばん言いたいのはこの言葉だ。

「……ありがとな」

しんみりする城戸を、大介が小突いた。

「まだ終わってねーよ！」

そうだ、まだ終わっていない。勝負を決めるのはこれからだ。

大介はその思いを胸に、ネクストバッターズサークルへ向かって歩いて行く。

一人目のバッターはヒットを打ち、一塁へ。

スタンドからもベンチからも、歓喜の声があがる。

バッティンググローブをつけなおした大介は、碓井の書いた『甲子園に行く!』という文字を見つめた。

スタンドから、吹奏楽部の演奏が聞こえてくる。
大介はふと、つばさと出会った日を思いだした。
甲子園の青い空、響くトランペットの音。
その夢を見せてくれたのは、つばさだった。

水島くんが私に言った。
「次のソロ、小野さんにまかせる。吹けるよね」
私は、力強くうなずいた。

大介くんが打席に立つ。

そして私はトランペットを吹く。

ありったけの思いこめて『アワ・ボーイズ・ウィル・シャイン・トゥナイト』を奏でる。


大介くんから、ずっと勇気をもらってた。

大介くんの隣で、前をむいて走りつづけた。

私にはトランペットがあってよかった。

私、うまく気持ち、言えないから。

この思い、音にのせて大介くんのところまで届けたいんだ——。


カキ———ン！

そのとき、ボールを打つ高い高い音が、グラウンドに響いた。

大介くんの打ったボールが、青空にむかって舞いあがる。

そして、外野スタンドまで、弧を描いて飛んでいった。

サヨナラホームラン！
白翔高校、十年ぶりの甲子園出場！

大歓声の中、大介くんはガッツポーズをしてダイヤモンドをまわった。
ホームベースを踏んだ大介くんに、ベンチの部員が全員でかけよる。
私は、あふれる涙を止められなかった。
陽万里ちゃんがとんできて、私たちはぎゅっと抱きあった。

今日のこの空は、夢に見た空より、ずっとずっと高くて青い。
あのころの私に教えてあげたい。
うつむいてばかりいた私に伝えたい。
幻じゃなかったよって。

私は、あの場所に立っていた。

校舎に入ってすぐ、トロフィーのならんでいるコーナー。

しばらくすると、大介くんが土まみれのユニフォームのまま走ってきた。

胸には優勝メダルが輝いている。

「おめでとう」

私が笑いかけると、大介くんは少し照れくさそうに「うん」とうなずいた。

私たちは、出会った日と同じように、ならんでトロフィーを見つめた。

あの日、大介くんが言った言葉が、私の胸によみがえる。

——俺、絶対甲子園行くから。そのとき、スタンドで応援してくれる？

「一年のときにした約束。時間かかったけど、ここまでこられた」

しんと静まりかえる校舎に、大介くんの声が響く。

私は大介くんを見あげて、うなずいた。

「うん」

「……甲子園が決まったらさ、小野に言おうって決めてたことがあるんだ」

大介くんが、私をまっすぐに見つめる。


「俺、小野が好きだ」

「うん。私も、大好き」


すごくうれしくて、幸せで、ちょっとだけ目がうるむ。


やわらかい西日がさしこんでいる。

私たちはしばらく見つめあって。

そして、短いキスをした。

エピローグ

北海道吹奏楽コンクール。
私がこの会場へくるのは三回目。
今までは客席から見守っていたけど、今日はちがう。
ステージの上で吹くんだ。白翔伝統の赤いブレザーを着て。
「力を出しきろうね」って、ステージへあがる前にみんなで言いあった。
私たち、がんばってきた。だからきっと大丈夫。信じてる。

『一番、札幌地区代表、札幌白翔高等学校。課題曲Ⅳにつづきまして、自由曲はレスピーギ作曲、バレエ音楽「シバの女王ベルキス」より。指揮は杉村容子です』

アナウンスが流れ、会場は拍手につつまれる。

指揮台の杉村先生が私たちを見渡した。

私は、気持ちを集中させて、トランペットをかまえた。

『ブルースカイ』の最初の一音が、会場に鳴り響く。

私たち、病院で演奏したときより、今はもうずっとうまくなってる。みんなの奏でる音が心地よくて、夢中になって吹いているうちに、あっという間に一曲が終わる。

そして、白翔を象徴する曲、『ベルキス』が始まった。

ティンパニが重々しいリズムをきざみ、金管と木管がそれに応える。

一心不乱。

心をひとつに。

信じてくれる人がいたから、私はここまでこられたんだ。

私もみんなのことを信じてる。

八分間、一瞬たりとも気をぬかず、一音たりとも無駄にせず、私たちは一心不乱に演奏した。


やがて、結果発表のときがやってくる。

全国、行きたいな。

そう思っていたら、隣に座っていたマルちゃんが私の手をにぎってきた。私とマルちゃんだけじゃない。みんな隣の人と手と手をしっかりつないでいる。

森先輩の家へ行って、みんなで泣いたこともあったね。

金管と木管の仲が悪くなったこともあったね。

それでも、毎日みんなではげましあって、がんばってきたんだ。

みんなと一緒に、全国に行きたい。

『全国大会出場団体は――』

祈りをこめて、ぎゅっと目をとじる。

『――一番、札幌地区代表、札幌白翔高等学校』

その瞬間、私たちはわっと歓喜の声をあげて、いっせいに立ちあがった。

おわり

この本は、映画『青空エール』（二〇一六年八月公開）をもとにノベライズしたものです。また、映画『青空エール』は、マーガレットコミックス『青空エール』（河原和音／集英社）を原作として映画化されました。

集英社みらい文庫

青空(あおぞら)エール

映画(えいが)ノベライズ みらい文庫版(ぶんこばん)

はのまきみ 著
河原和音(かわはらかずね) 原作
持地佑季子(もちじゆきこ) 脚本

ファンレターのあて先
〒101-8050 東京都千代田区一ツ橋2-5-10 集英社みらい文庫編集部
いただいたお便りは編集部から先生におわたしいたします。

2016年 7月27日 第1刷発行
2018年 6月11日 第5刷発行

発行者	北畠輝幸
発行所	株式会社 集英社 〒101-8050 東京都千代田区一ツ橋2-5-10 電話 編集部 03-3230-6246 読者係 03-3230-6080 販売部 03-3230-6393（書店専用） http://miraibunko.jp
装丁	伊藤なつみ 中島由佳理
印刷	大日本印刷株式会社 凸版印刷株式会社
製本	大日本印刷株式会社

★この作品は、フィクションです。実在の人物・団体・事件などにはいっさい関係ありません。
ISBN978-4-08-321332-8 C8293 N.D.C.913 182P 18cm

©Hano Makimi Kawahara Kazune Mochiji Yukiko 2016
©河原和音／集英社 ©2016映画「青空エール」製作委員会 Printed in Japan

定価はカバーに表示してあります。造本には十分注意しておりますが、乱丁、落丁（ページ順序の間違いや抜け落ち）の場合は、送料小社負担にてお取替えいたします。購入書店を明記の上、集英社読者係宛にお送りください。但し、古書店で購入したものについてはお取替えできません。
本書の一部、あるいは全部を無断で複写（コピー）、複製することは、法律で認められた場合を除き、著作権の侵害となります。また、業者など、読者本人以外による本書のデジタル化は、いかなる場合でも一切認められませんのでご注意ください。

からのお知らせ

まんが「青空エール」が小説になって登場！

……私が
大介くんのこと……

友達だと
思ってなくて……

好きだったら

困る？

1回目の告白

ふられても、ずっと大介をみつめつづけた「つばさ」の、最初の告白、二度目の告白を描く！映画ノベライズとは別の、恋愛エピソードがぎゅっとつまった胸きゅんまんががノベライズ。

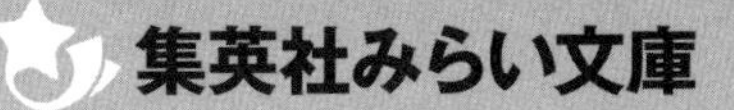

まんがノベライズ」

〜ふられても、ずっと好き〜」

はのまきみ・著

河原和音・原作

カバーは
このイラストが目印！
大好評
発売中!!

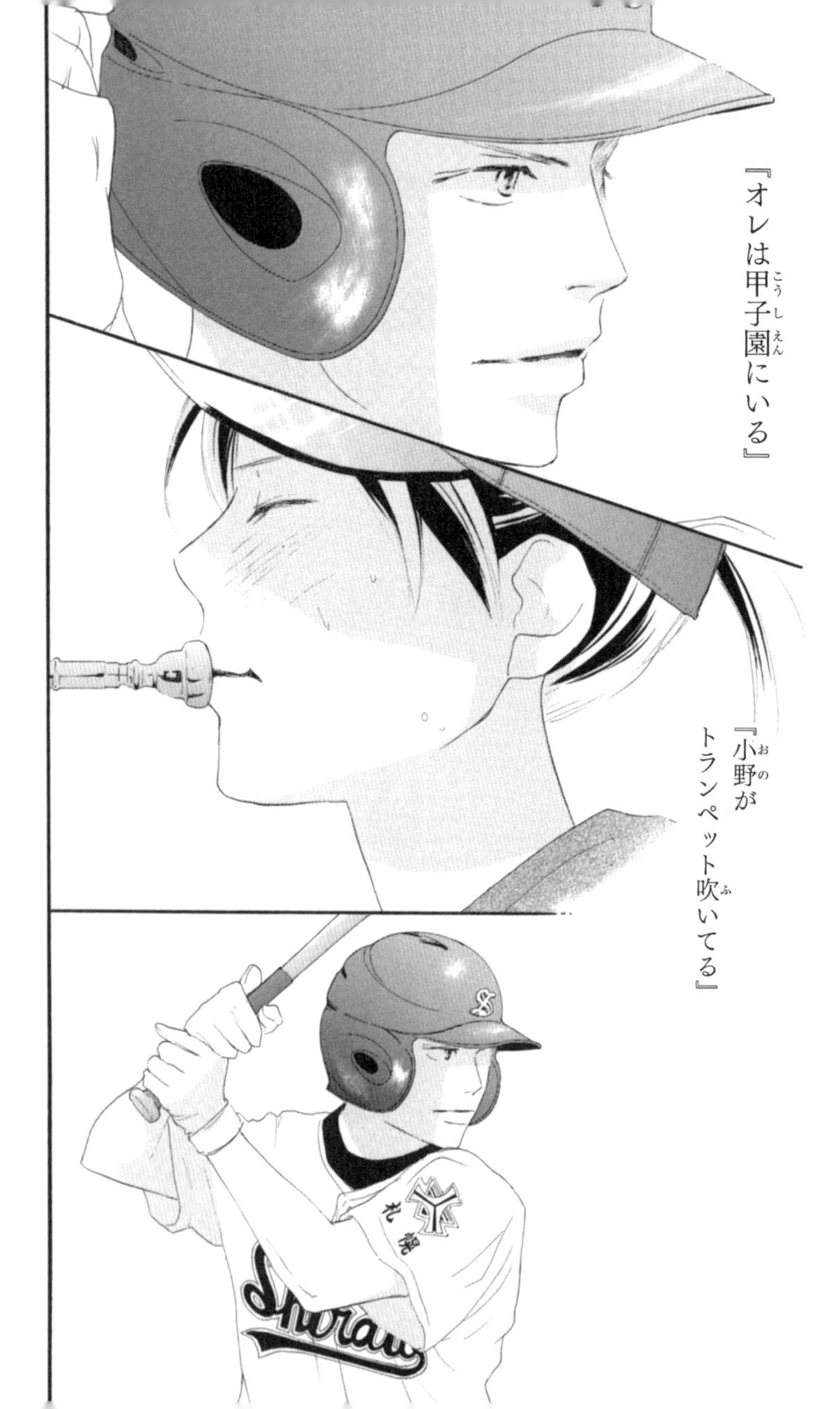
『オレは甲子園にいる』
『小野がトランペット吹いてる』

マーガレットコミックス

青空エール

YELL FOR THE BLUE SKY

河原和音

映画「青空エール」の原作となった大人気コミック！
コミックでも「青空エール」の世界を楽しんじゃおう♪

青空エール
YELL FOR THE BLUE SKY
19
河原和音

全19巻 大好評発売中！

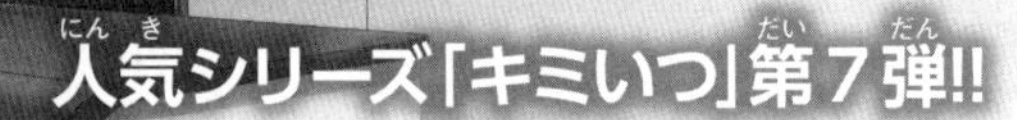

キミと、いつか。

“素直”になれなくて

宮下恵茉・作
染川ゆかり・絵

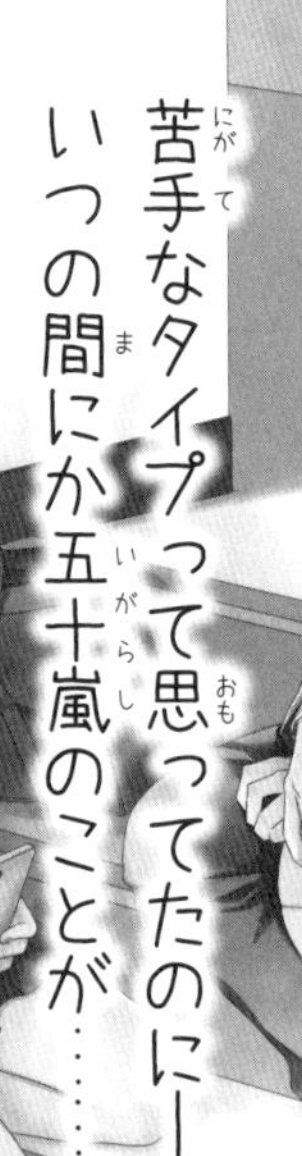

大好評発売中!!

友だちへのいじわるが原因で、学校に居場所がなくなってしまったあずみ。昼休みをひとりぼっちで過ごしていると、人気者の五十嵐がやってきて――。人なつっこい男子って苦手。最初はそう感じていたのに……

五十嵐の存在が、あずみのなかでだんだん大きくなりはじめ……!?

本当は、ありがとうって言いたかった。
だけど、言えなかった。
もっと素直になりたいって思うのに
いつもわたしの口から出るのは
かわいくない言葉ばかり。
なのに、どうして？
キミだけはわたしのそばにいてくれる。
だけど、期待なんてしていない。
キミの心のなかにいるのは
わたしじゃないってこと
ちゃんと、わかってるから……。

ゕらのお知らせ

たったひとつの君との約束

第5弾

~失恋修学旅行~

私の初恋は失敗でした!?

みずのまい・作
U35(うみこ)・絵

持病のある小6のみらいは、ちがう学校の男の子・ひかりに片思い中で、手紙のやりとりをしている。そんなある日、みらいは、ひかりから『もう手紙は書けない』とつげられてしまう。「私、失恋しちゃったんだ」つらい気持ちのまま、修学旅行にむかったみらいだけど……?

集英社みらい文庫

女の子の「切ない」が ギュッとつまった超人気シリーズ！

第1弾 ～また会えるよね？～

病気でうしろむきになっていたみらいは、ひかりに出会って…？

第2弾 ～はなれていても～

ケガをしたひかりのそばには、彼をささえる女の子がいて…。

第3弾 ～かなしいうそ～

みらいのついた『うそ』がひかりを傷つけてしまい…。

第4弾 ～キモチ、伝えたいのに～

ひかりの学校で衝撃的なものをみたみらいは、告白を決意して…。

第6弾「～好きな人には、好きな人がいて～」は

2018年6月22日(金)発売！

「みらい文庫」読者のみなさんへ

言葉を学ぶ、感性を磨く、創造力を育む……、読書は「人間力」を高めるために欠かせません。
たった一枚のページをめくる向こう側に、未知の世界、ドキドキのみらいが無限に広がっている。
これこそが「本」だけが持っているパワーです。

学校の朝の読書に、休み時間に、放課後に……。いつでも、どこでも、すぐに続きを読みたくなるような、魅力に溢れる本をたくさん揃えていきたい。読書がくれる、心がきらきらしたり胸がきゅんとする瞬間を体験してほしい、楽しんでほしい。みらいの日本、そして世界を担うみなさんが、やがて大人になった時、「読書の魅力を初めて知った本」「自分のおこづかいで初めて買った一冊」と思い出してくれるような作品を一所懸命、大切に創っていきたい。

そんないっぱいの想いを込めながら、作家の先生方と一緒に、私たちは素敵な本作りを続けていきます。「みらい文庫」は、無限の宇宙に浮かぶ星のように、夢をたたえ輝きながら、次々と新しく生まれ続けます。

本を持つ、その手の中に、ドキドキするみらい――。

本の宇宙から、自分だけの健やかな空想力を育て、〝みらいの星〟をたくさん見つけてください。
そして、大切なこと、大切な人をきちんと守る、強くて、やさしい大人になってくれることを心から願っています。

2011年　春

集英社みらい文庫編集部